ESPASA
JUVENIL
HISTORIA

ESPASA JUVENIL

HISTORIA

El vendedor de noticias

JOSÉ LUIS OLAIZOLA

24

ESPASA

ESPASA JUVENIL

Editora: Nuria Esteban Sánchez
Diseño de Colección: Juan Pablo Rada
Ilustración de cubierta: Luis Miguel Doyague

Primera edición: marzo, 1997
Séptima edición: octubre, 1999

Depósito legal: M. 35.332-1999
I.S.B.N.: 84-239-8876-7

Espasa, en su deseo de mejorar sus publicaciones, agradecerá cualquier sugerencia que los lectores hagan al departamento editorial por correo electrónico: sugerencias@espasa.es

Impreso en España/Printed in Spain
Impresión: Huertas, S. A.

Editorial Espasa Calpe, S. A.
Carretera de Irún, km 12,200. 28049 Madrid

José Luis Olaizola, *nació en San Sebastián. Ejerció la abogacía durante quince años, pero desde hace varios años se dedica sólo a la literatura. Como autor de libros infantiles, sus méritos comenzaron a destacar en 1982 cuando publicó su obra* Cucho, *reconocida con varios premios literarios, labor que continuó con títulos como* Micaela no sabe jugar *o* Mi hermana Gabriela. *José Luis también destaca como autor de varias novelas y obras de género histórico. También ha trabajado en el cine como autor, guionista, director y actor.*
En esta misma colección también ha publicado Camino de Etiopía *(EJ66).*

Índice

1

En el siglo XI España estaba dividida en muchos reinos, lo cual tenía más inconvenientes que ventajas. Cuando al frente de uno de esos reinos había un buen señor, que sólo exigía lo justo a sus vasallos, éstos vivían muy bien porque trabajaban de buen grado y prosperaban. Pero cuando les tocaba un mal señor la vida podía ser un infierno porque según las leyes de los godos, interpretadas arbitrariamente, podían disponer de sus vidas y haciendas.

Rey, propiamente dicho, sólo había uno: el de Castilla y León, que se titulaba también Emperador de las Tres Religiones, porque reinaba sobre territorios en los que convivían cristianos, moros y judíos. Pero fuera de sus fronteras había más de cien reinos, condados, o señoríos, de la más variada condición. En la parte de Andalucía predominaban los reinos de taifas, a cuyo frente se encontraba un rey árabe, descendiente de los que llegaron a la Península cuando la invasión del siglo VIII. Estos monarcas, por regla general, eran muy cultos, amantes de la música y de la poesía, pero también de la vida regalada.

Por la parte de Levante y el sur de Cataluña también predominaban los reinos moros tan chicos que, a veces, eran poco más que un castillo fortificado con un puñado de tierras alrededor. Más bien eran reyezuelos que dependían en casi todo de algún señor principal.

Los reyes moros de Cataluña rendían pleitesía a los condes de Barcelona, que eran los soberanos de aquella región. A partir de ahí, siguiendo por Navarra hasta llegar a Galicia, proliferaban los condados y señoríos cristianos, aunque todos reconocían la superioridad del Emperador de las Tres Religiones.

Los caballeros cristianos tenían fama de ser más austeros que los árabes, aunque también los había que se contagiaban de sus costumbres y gustaban de tener cantoras árabes que les entretuvieran con sus músicas y danzas.

Después de convivir durante cuatro siglos los árabes con los cristianos, poco se diferenciaban los unos de los otros. Los árabes se habían aficionado a las mujeres rubias del norte, a las que tomaban como esclavas, pero no era insólito que acabaran casándose con ellas. El rey Motámid, de Sevilla, famoso poeta del siglo XI, era rubio y de ojos azules, ya que su madre había sido una dama del norte.

Por su parte los cristianos tampoco hacían ascos a las mujeres árabes y contraían matrimonio con ellas. El mismo Alfonso VI, Emperador de las Tres Religiones, tuvo su único hijo varón de la princesa Zaida, nuera del citado Motámid de Sevilla.

Tanto unos como otros se consideraban españoles y casi en lo único que se diferenciaban era en su religión.

Como queda dicho los árabes eran más aficionados a la buena vida y para que los cristianos les dejasen tranquilos les pagaban parias, que era un tributo por el que reconocían su superioridad guerrera.

* * *

Uno de los inconvenientes de que hubiera tantos reinos en la Península era que siempre había motivos para estar en guerra, bien por un linde de fronteras, bien porque no se pagasen las parias debidas, bien por traiciones imaginarias o reales. La guerra solía ser una desgracia para los pobres campesinos que de un día para otro veían arrasadas sus cosechas, pero para otros muchos era su único medio de vida. Los caballeros iban con gusto a guerrear ya que si salían triunfadores tenían derecho a despojar de todas sus pertenencias al vencido; podían quedarse con su caballo, con su espada, y hasta con su ropa, salvado lo que el decoro exige.

Los comerciantes, en su mayoría pertenecientes al pueblo judío, traficaban con ese botín, comprando y vendiendo armas y caballos. También acostumbraban a prestar dinero a los señores para organizar sus ejércitos, que se componían de soldados mercenarios.

A cada ejército en marcha le acompañaba una banda de auxiliares que se lucraban facilitándoles el avituallamiento. Era de admirar a mujeres capaces de andar leguas y leguas, con un cántaro de agua sobre la cabeza, para vendérsela a los soldados, vaso a vaso, cuando apretaba el calor y les entraba la sed. O niños de corta edad cargados con sacos de pan de cebada o frutos del tiempo.

Pero la categoría más ínfima de los que vivían a costa de las guerras era la de los vendedores de noticias. Iban de un bando a otro, de un reino a otro, vendiendo a los señores información que les pudiera servir frente a sus enemigos. Pero era un oficio en extremo peligroso ya que el Fuero Viejo los consideraba como espías y permitía que fueran ahorcados, o decapitados, allá donde se les encontrara.

A pesar de ese peligro en Cáceres había un pueblo, llamado Naciados, que se hizo famoso porque casi todos sus habitantes, familias enteras, se dedicaban a vender noticias. Algunos de ellos lograron vender noticias importantes y hasta se hicieron ricos y pudieron comprar tierras. Ese era el sueño de Sebastián, el Negro, un muchacho de catorce años que vivía con su abuelo, un anciano tuerto del ojo izquierdo que le daba buenos consejos.

—Sebastián —le decía— yo he logrado llegar a viejo vendiendo noticias, porque he tenido mucha suerte. Varias veces he estado a punto de perder la vida, y al fin sólo he perdido un ojo porque quien me tomó preso en la batalla de Alcudia era un caballero cristiano muy misericordioso que en lugar de hacerme ahorcar, como era su derecho, me mandó cegar. Pero por intercesión de Nuestra Señora del Amparo el verdugo no era muy diestro y sólo acertó con mi ojo izquierdo. ¿Quieres correr tú peor suerte aún? En este oficio para uno que se hace rico, cinco dejan la vida antes o después. ¿Qué necesidad tienes de arriesgarte? ¿No he trabajado toda mi vida para tener este huerto, con su buena casa, y su piara de cerdos, que son la envidia de todo el pueblo? Todo será tuyo cuando yo muera, a no mucho tardar. Y así podré cumplir la promesa que hice a tu madre, poco antes de morir, de retirarte de este oficio.

—Sí, abuelo —le decía Sebastián que adoraba al anciano; pero cuando se enteraba de que iba a producirse algún acontecimiento del que pudiera sacar provecho, no resistía la tentación de echarse al monte en busca de noticias que vender. Lo llevaba en la sangre.

* * *

2

EL abuelo, que se llamaba Lorenzo, le decía a Sebastián que ya le quedaba poco de vida, para retenerlo cerca de sí, pero todavía no había cumplido sesenta años y, salvada la merma del ojo, gozaba de buena salud. Él solo despachaba todo el trabajo del huerto, sin mayor esfuerzo, y a Sebastián le correspondía sacar a los cerdos, que eran cinco, a bellotear por los montes.

Entonces había pocas ciudades y la gente vivía en los campos, que resultaban muy amenos. Siempre había labradores trabajando la tierra, leñadores talando árboles, trashumantes cambiando de pastos los ganados, molineros en los ríos, herradores de bestias en sus fraguas, caballeros cazando en los bosques, adivinadoras echando la buenaventura, ermitaños en sus ermitas, y mercaderes, soldados, frailes y sacerdotes yendo y viniendo por los caminos, algunos a caballo, otros en mula, pero la mayoría de ellos a pie.

El sueño de Sebastián era vender una noticia tan buena, que le diera para comprarse un caballo. Entonces podría ir a vender noticias mucho más lejos, quizá a Francia, que como casi siempre estaba en guerra con España pagaba muy bien la información sobre los movimientos de tropas del Emperador de las Tres Religiones.

Un día de la primavera del año 1072, mientras pastoreaba a los cochinos, vio venir por la calzada real a una pareja de jóvenes de desigual condición. Ella era una doncella que, por el modo de vestir, se apreciaba que pertenecía a una familia distinguida; no tendría más de quince años. Quien le acompañaba, aunque llevaba cruzado el pecho un tahalí del que pendía una espada, no tenía el aire de un caballero; más bien parecía un joven criado de no más de veinte años, que daba escolta a su señora. Pero le llamó la atención que, pese a la fatiga que reflejaban sus rostros, procuraban caminar a buen paso como quien va huyendo de algo o de alguien.

Cuando divisaron a Sebastián al borde del camino, el criado se limitó a saludarle y quiso pasar de largo, pero la doncella le retuvo por el brazo, y se dirigió al muchacho:

—¿Hay cerca de aquí alguna fuente o arroyo en el que podamos beber agua?

—El más próximo, mi señora —le contestó Sebastián—, os tomará tres o cuatro leguas de camino, pero aquí tengo yo un odre de agua bien fresca que lo pongo a vuestra disposición.

—Dios te lo pague, muchacho —le contestó la doncella al tiempo que alargaba sus manos hacia el odre que le ofrecía Sebastián.

Bebió con ansiedad y otro tanto hizo su acompañante, quien se dispuso a seguir su camino como quien no tiene tiempo que perder. Pero la doncella le retuvo de nuevo por el brazo y preguntó a Sebastián:

—¿Querrías vendernos esta agua?

—El agua, mi señora, no tiene precio pues es un regalo de Dios tanto para las bestias como para los hombres, sean moros o cristianos, y por tanto tenedla también por vuestra. Pero en lo que hace al odre, no es de Dios, sino de mi abuelo, y si me podéis dar alguna monedilla por él, os quedaré reconocido.

A la muchacha se le puso una cara de asombro divertido, pues no era corriente que un porquerizo se expresara con tanto fundamento.

—¿Dónde has aprendido a hablar así? —le preguntó curiosa.

—A veces tengo que andar en tratos con señores y de ellos lo he aprendido —le contestó Sebastián. Pero se cuidó de decirle que tales tratos eran los de vender noticias.

Por su gusto la muchacha hubiera seguido conversando, pero el joven la tomó de la mano urgiéndola a seguir andando, con una confianza impropia de un criado, y le susurró algo al oído. La doncella asintió, reflejando temor en su rostro, y se sacó un dinar de la faltriquera que entregó a Sebastián. Éste lo sopesó, apreció que aunque de baja calidad era de plata, y le dijo a la doncella:

—Os agradezco vuestra generosidad, pero como no quiero aprovecharme de unos caminantes en apuros, algo más os puedo dar por esa monedilla. ¿Queréis un pan de cebada y medio queso de cabra que traigo conmigo?

Por primera vez habló el joven criado para reprochar al pastor:

—¿Qué os hace pensar que estamos en apuros?

—Perdonadme, señor —le replicó Sebastián halagándole con un tratamiento que sabía que no le correspondía—, todo caminante por estas tierras apartadas está siempre en apuros de encontrar donde comer y beber. Sólo por eso lo decía.

Sebastián se expresaba con tan fingida humildad porque ya estaba barruntando que aquella pareja andaba huyendo, y pensaba sacar algún provecho de ello. Por las trazas la doncella era de noble condición y sólo podía huir de alguien más noble que ella, y esos eran los que tenían buenos dineros para pagar información. Por eso le interesaba seguir hablando con ellos, para saber lo más posible. Volvió a pedir perdón al joven criado, y hurgándose en su zurrón, les dijo:

—También os puedo dar un poco de chorizo, que son de una marrana, madre de estos cerdos que aquí veis, tan mansa y de buena condición, que hasta nos dio pena tener que matarla. Yo, cada vez que como de este chorizo, me entra tal angustia con el recuerdo, que tengo para mí que no me aprovecha. Casi me hacéis un favor si os lo lleváis.

A la doncella, pese a la fatiga y a las prisas que le metía su acompañante, se apreciaba que le hacía gracia el modo de hablar de Sebastián, y le contestó:

—Ya que en ese punto eres tú el que está en apuros, venga para acá ese chorizo, que puesto que nosotros no conocimos a la madre de estos marranos, seguro que nos ha de aprovechar y ayudar a hacer mejor el camino.

—Si vais para la parte de Cáceres —les aconsejó Sebastián— os conviene tomar un camino que sale de un bosquecillo que está a legua y media de aquí, pero si vais para Daimiel seguid por esta calzada que, a todo lo largo de ella, encontraréis buenas posadas para descansar.

Esto se lo decía tentando de averiguar de dónde venían, por el lugar a donde se dirigían. Pero el joven criado, en todo más receloso que la doncella, le dio las gracias por el consejo y tomando de la mano a su dueña tiró de ella y se despidió con brusquedad del indiscreto pastor. La doncella, con la mano que le quedaba libre, tomó el chorizo que le tendía Sebastián, y se despidió de él con una sonrisa de agradecimiento.

* * *

El abuelo Lorenzo solía decirle a su nieto que para ser un buen vendedor de noticias se precisaban dos condiciones muy principales: buenas piernas para llegar a tiempo, y buena cabeza para discurrir adónde había que llegar. De lo uno y de lo otro andaba sobrado Sebastián el Negro, como demostró en aquella ocasión. Se puso a discurrir y llegó a la conclusión de que aquella pareja, por las trazas de sus vestidos, todavía limpios y con poco polvo, justo llevarían una jornada de camino. ¿Y qué castillo, plaza fuerte, o poblado podía estar a una jornada de allá, viniendo del septentrión? ¿De quién, o de qué, podían venir huyendo?

Como primera providencia tomó la piara y se dirigió a un otero vecino, en el que también pastoreaba cerdos una prima suya, y los dejó a su cuidado. Luego a trote ligero tomo la calzada real y al atardecer avistó una fortaleza bien amurallada de la que apenas tenía noticia. Si estuviera allí el abuelo Lorenzo seguro que le diría con pelos y señales quién mandaba en aquel fortín, y cuál era su condición, si noble o ruin. Sebastián era demasiado joven para saber tanto, pero lo suficientemente audaz como para intentar aprenderlo cuanto antes. Por eso, sin vacilar, se dirigió a una poterna del castillo en la que vio algún movimiento de campesinos, que entraban y salían con cestos y bultos.

El centinela le dejó pasar cuando Sebastián le contó que venía a tratar sobre la venta de una piara de cerdos que tenía a media jornada de allí. De paso se fijó que el centinela llevaba un tahalí exactamente igual que el del joven criado, y pensó que iba por el buen camino.

La siguiente señal se lo confirmó. En el centro del patio de armas se alzaba una horca y de ella pendía un cadáver. Al verlo Sebastián sintió apenas un ligero estremecimiento porque no era el primero que veía, ya que era costumbre de la época dejar expuestos a la vista del pueblo los cuerpos de los ajusticiados para que sirvieran de escarmiento. Como pese a lo tardío de la hora seguían bullendo campesinos por el patio de armas, Sebastián pudo moverse sin llamar la atención. Pero a él sí le sorprendió que el cadáver que colgaba de la horca fuera el de una mujer de avanzada edad. Como la ejecución de mujeres era más infrecuente, Sebastián preguntó a otra mujer, que miraba fijamente a la ajusticiada:

—¿Cuál ha sido la causa del castigo? ¿Acaso era una bruja?

La interpelada no le contestó y Sebastián pudo apreciar que su rostro reflejaba un profundo dolor, y que sus ojos estaban anegados en lágrimas. En su lugar le respondió el soldado que hacía guardia al pie del patíbulo:

—Si hubiera sido una bruja, la hubieran quemado,

no ahorcado. Esta mujer ha sido ajusticiada por haber consentido que raptaran a una doncella, sobrina de nuestro señor, que estaba a su cuidado —y tomando de un brazo a Sebastián, lo apartó de allí y le reprendió—: Pero eres un poco torpe, muchacho; has ido a preguntarle a la única que tiene motivos para no contestarte. Es hermana de la ahorcada. ¿Es que tú no eres de por aquí? ¿Qué te trae al castillo?

—Me trae el vender una piara de cerdos que tengo a media jornada de acá, y el dar una noticia a tu señor por la que ha de quedarme agradecido.

* * *

El centinela hizo pasar a Sebastián al cuerpo de guardia, en el que un alférez barbudo y altanero le espetó:

—¿Cuál es la noticia que tienes que dar al señor conde?

—Una que hace relación al castigo que ha merecido la mujer que cuelga en el patio.

—Por el color de tu piel se me hace que no eres ni moro ni cristiano —continuó el alférez—, sino mezcla de ambos. ¿De qué lugar vienes?

—De Naciados, mi señor.

—¡Ah! ¿Eres de esos que van y vienen con noticias con intención de sacar algún provecho?

—Mi provecho, señor, está en cuidar cerdos, pero cuando sé de algo que pueda servir a un noble caballero mi obligación es hacérselo saber. Y lo que ahora sé es por dónde anda una doncella que, por las señas, no puede ser otra que la sobrina del señor conde.

El alférez le miró de arriba abajo, suspicaz, y sin decir palabra abandonó el cuerpo de guardia. Un soldado viejo que estaba sentado en un banco le dijo:

—Tengo yo un nieto que será de tu edad, y no quisiera verle metido en estos pasos. Mira que si no aciertas en lo que dices puedes acabar colgado junto a la vieja. ¿Es que no tienes quién cuide de ti y te aconseje mejor sobre lo que te conviene?

Sebastián no supo qué contestar, y no se atrevió a decirle que tenía un abuelo, que también le daba buenos consejos, pero que él no acertaba a seguir cuando le entraba el comezón de echarse al monte a correr aventuras.

Volvió el alférez barbudo y con un gesto de la mano le invitó a seguirle. Caminaron por un vericueto de lóbregos pasillos hasta llegar a la pieza principal del castillo, en la que le esperaba de pie junto a una gran chimenea encendida, una mujer de singular hermosura que le recibió sonriente:

—¿Este es el joven que sabe por dónde anda nuestra querida sobrina?

—Sí, mi señora —contestó Sebastián favorablemente impresionado por tan amable acogida.

—¿Por dónde, hijo? —le preguntó afable la dama.

—Hace no más de ocho horas caminaba en compañía de un soldado de vuestra guardia, por la calzada real que lleva a Daimiel.

—¿Daimiel? ¿No está eso hacia el mediodía?

—Sí, mi señora —le respondió diligente Sebastián—, si se mira desde aquí, cae al mediodía.

En un instante aquel rostro de sorprendente belleza, se contrajo en un gesto de furia e increpó al alférez:

—¿Y por qué habéis mandado a la guardia que la busque por el septentrión?

El que le pareciera a Sebastián altanero oficial, pocos momentos antes, se convirtió en aterrorizado cordero, que apenas se atrevió a balbucear:

—Eso fue lo que nos dijo su dueña, después de someterla a tormento; que habían escapado hacia el septentrión buscando refugio en la corte de Toledo.

—Si no sabes sacar la verdad a una mujer, después de darle tormento, no sé qué se puede esperar de ti, Basilio —le susurró la hermosa mujer al alférez, en tono muy tenue como para que no lo oyera Sebastián; y dirigiéndose a éste le requirió—: ¿Estás seguro, muchacho, de que eres capaz de dar con nuestra sobrina y su raptor?

—Si no se los ha tragado la tierra, mi señora, en dos jornadas podemos alcanzarlos. Y si vamos a caballo, en la mitad de tiempo.

Sebastián se sentía turbado por la mirada penetrante de aquellos ojos negros, que le parecía que escudriñaban en lo más hondo de sus pensamientos. Era la primera vez en su vida que se encontraba en el interior de un castillo tan imponente y ante gente tan principal. Hasta entonces se había limitado a traficar con noticias menores, tales como informar a los moros por dónde andaban tropas cristianas, o viceversa; pero aquella podía ser la oportunidad con la que venía soñando desde hacía tiempo. Por eso, aplicando lo que aprendiera de su abuelo, se dirigió a la dama en tono lastimero:

—Mi señora, con gusto os serviré en lo que me pidáis, pero eso me obligará a descuidar el ganado que tengo a mi guarda...

—Ya sé que eres de Naciados —le interrumpió la dama— y sé bien que os gusta cobrar por estos servicios. No te preocupes que si damos con ellos, tendrás tu recompensa.

—¿Podría ser esa recompensa un caballo? —se atrevió a sugerir Sebastián con la audacia e inexperiencia de sus pocos años.

Una ráfaga de cólera enturbió aquella aguda mirada y Sebastián, arrepentido de su imprudencia añadió vacilante:

—No pretendo un caballo de los mejores, podría ser un potrillo sin domar, o un caballo viejo al que le quede poca vida.

Sebastián, a sus catorce años, era un muchacho espigado, de aspecto agradable y sonrisa abierta, todo lo cual le daba un aire candoroso, que le hacía ganarse el favor de las gentes. La tez la tenía oscura, como la mayoría de los naturales de Naciados, pueblo en el que llevaban siglos mezclándose moros y cristianos por estar en la frontera del al-Andalus.

Aquella mujer, que parecía ser de humor muy versátil, después de considerar la rectificación de Sebastián, se echó a reír, y con gran asombro de éste, se le acercó y le pasó la mano por la cabeza, al tiempo que le decía:

—Sea; tendrás tu caballo.

—¿Cómo así, tan generosa, hermana?

Sebastián, fascinado por la hermosa mujer que con su presencia parecía llenar toda la estancia, no había advertido que en un sillón de alto respaldo, junto al fuego de la chimenea, se sentaba un joven caballero ricamente ataviado, en todo parecido a su hermana excepto en la mirada que la tenía mortecina. Era el conde de Lácar, señor de aquel castillo, y de todos los caseríos que iban desde el río Almonte hasta el de Gibranzos. Era él quien había interpelado a su hermana, con acento desganado, mientras sorbía un trago de vino de una copa de plata repujada y con incrustaciones de aljófares y otras piedras preciosas.

—Querido hermano —le replicó la dama con un tono de voz muy dulce—, los que tanto arriesgan por servirnos merecen su recompensa.

—¿Y sabe este muchacho lo que arriesga? —prosiguió el conde sin apartar la mirada del fuego, como si Sebastián no existiera.

—Arriesga poco —le contestó su hermana—, porque en sus ojos leo que es demasiado listo para no saber lo que se trae entre manos. —Y a continuación, bajando la voz como ya hiciera antes, le susurró a su hermano—: Me parece a mí que este muchacho nos puede ser muy útil, no sólo para este negocio, sino también para algún otro en los que conviene saber lo que traman quienes se oponen a nuestros intereses.

* * *

3

SABES montar a caballo o esperas aprender cuando lo recibas como premio? —le preguntó la condesa a Sebastián cuando se dirigían hacia el patio de armas.

—Los que andamos siempre entre bestias, mi señora, sabemos arreglárnoslas para cabalgar sobre cualquier clase de ellas —fue su respuesta.

Y con gran asombro de Sebastián ordenó al alférez Basilio que le facilitara un caballo. Y con no menor asombro vio que tanto el conde como su hermana se ponían al frente de una tropilla de siete hombres armados para ir en busca de los que huían. Además, uncieron cuatro mulas de buena alzada a un gran carromato en el que portaban víveres y una tienda de campaña.

Cuando se vio encima del caballo, éste caracoleando como muestra de su buena sangre, Sebastián no cabía en sí de alegría. Ni tan siquiera su abuelo había llegado a tanto; a lo más se había servido de algún borriquillo para traer y llevar noticias, y en alguna ocasión excepcional de una mula alquilada a un judío que se dedicaba al trato con los animales.

Era noche de luna llena y el camino se veía como si fuera de día. Tanto el conde como su hermana montaban sobre dos caballos negros como el azabache, de gran presencia, y con tal furia en los ojos que de cuando en cuando les tenían que dar un serretazo para que no salieran volando. La condesa cabalgaba a la amazona, sentada de medio lado, pero con tal elegancia, que Sebastián no podía apartar los ojos de ella. De vez en cuando le preguntaba la dama:

—¿Vamos bien por aquí?

—Sí, mi señora, conozco tan bien estos parajes que no me perdería por ellos ni aunque no hubiera luna y yo fuera con los ojos cerrados.

Y a punto estuvo de hacer ciertas sus palabras porque, según avanzaba la noche, el sueño se apoderó de él, se le cerraron los ojos, y notó que se deslizaba por el caballo hasta dar con sus huesos en el suelo. La condesa se echó a reír, mandó hacer un alto, y los dos criados que conducían el carro se apresuraron a montar la tienda de campaña, que resultó ser suntuosa, toda ella recubierta de pieles de oso. Sebastián nunca había visto tanto esplendor y consideró un honor el que la condesa le consintiera que se tumbara a la puerta de la tienda, para descabezar un sueño. Se quedó dormido en el acto, sintiendo el suave calor de la piel de oso contra su espalda. En sueños oyó canturrear a la condesa; en cambio el conde no había pronunciado una sola palabra desde que salieron del castillo.

Con las primeras luces del día, cuando todavía el campamento dormía, sintió Sebastián discutir a los dos hermanos en el interior de la tienda y aguzó el oído, como era costumbre entre los vendedores de noticias. «No estamos aquí para cazar jabalíes —advertía la condesa a su hermano— sino para prender a esa desagradecida». «Lo uno no quita lo otro —le contestó con su modo de hablar desganado el conde de Lácar— y tiempo habrá para ambas cosas». Y salió de la tienda llevando en la mano una lanza muy ligera. Por primera vez miró de frente a Sebastián —que ante su presencia se puso rápidamente en pie— y se dignó dirigirle la palabra:

—¿No has oído ruido de cochinos esta noche no lejos de aquí?

—Sí, mi señor —contestó Sebastián, para rectificar con prontitud—: no, mi señor, porque dormía, pero cierto que su señoría ha tenido que oírlos porque la manada toma la trocha que pasa por el Hinojal, para abrevar en el arroyo Malpica. Allá estarán ahora.

—¿Cuánto dista de aquí?

—Un cuarto de legua.

—Pues vamos a ellos —determinó el conde con el rostro más animoso que de costumbre.

Tras de él apareció la condesa, con el rostro contrariado, pero no por eso menos hermoso, y la falda recogida mostrando unas botas altas de piel de becerro, de color rojo vivo. Ordenó a un soldado que cargase con media docena de lanzas ligeras y siguió los pasos de su hermano, como si temiera dejarle solo.

Sebastián, sin una vacilación, se puso al frente de la marcha, bulléndole la sangre de emoción, consciente de que iba a tomar parte en una partida de caza mayor, algo sólo reservado para los nobles. La media legua que les separaba del abrevadero discurría por una vertiente montañosa muy tupida, cubierta de matorrales, de brezos, lentiscos y madroños, que hacían muy difícil el caminar, pero el conde no se quejó en ningún momento. La condesa, en cambio, soltaba por lo bajo interjecciones impropias de una dama, y por un momento Sebastián temió haber contrariado a quien su olfato le decía que mandaba más que el conde.

Pero cuando llegaron a un claro del bosque sus temores se disiparon ante la alegría de haber acertado; cinco hermosos jabalíes abrevaban en el arroyo Malpica ignorantes de lo que les esperaba.

—Mi señor —le musitó Sebastián al conde en tono muy quedo—, si queréis podemos acercarnos más a ellos, bajando por esa senda. Como el viento está a nuestro favor no advertirán nuestra presencia, hasta que estemos a pocos pasos de ellos.

—¿Cómo sabes tanto de jabalíes? —le preguntó el conde con una locuacidad inusual en él.

—Sé de cerdos —le contestó humilde el muchacho— que son primos hermanos de éstos.

El gélido rostro del conde reflejó algo parecido a una sonrisa ante la explicación de Sebastián, pero negó con la cabeza. Midió la distancia con la mirada y se limitó a decir:

—No es necesario.

Y sin mediar más palabras lanzó el asta con tal fuerza y destreza que fue a clavarse sobre la paletilla de uno de lo jabalíes, allá donde tienen el corazón; el animal apenas pudo dar un par de pasos y cayó redondo al suelo. El rostro del conde perdió su habitual inexpresividad y reflejó una alegría salvaje, al tiempo que jadeaba como si hubiera hecho un gran esfuerzo. El soldado que les acompañaba, sabedor de lo que se esperaba de él, sin necesidad de palabras, tendió otra lanza al conde que hirió con igual fortuna a un segundo jabalí, sin que el resto de la manada, ante muertes tan imprevistas como silenciosas, supiera bien lo que estaba sucediendo. El más corpulento de los animales, un jabalí ya viejo, comenzó a husmear, lanzó un berrido de advertencia, hizo intento de retirarse del abrevadero, cuando una tercera lanza le alcanzó en los cuartos traseros. El animal herido lanzó un berrido que retumbó en el bosque, y otro tanto hizo el conde furioso de que se le pudiera escapar una pieza herida, lo que suponía un gran desdoro para su orgullo de cazador.

De primeras Sebastián quedó sobrecogido ante el grito, casi inhumano, que salió de la garganta del conde. Pero reaccionó rápidamente y se comportó como acostumbraba a hacerlo cuando se le desmandaba un cerdo de la piara. Sacó la honda que siempre llevaba al cinto, colocó un guijarro en ella, y acertó con un hondazo en la cabeza del jabalí herido. El animal, ante esa nueva agresión, dio un respingo que detuvo su intento de huida, lo que permitió al conde alancearlo por segunda vez, esta vez en el colodrillo, que es por donde los apuntillan los matarifes.

El conde reanudó sus rugidos de alegría, y lo que más admiró a Sebastián fue que la condesa, que tanta contrariedad había manifestado ante aquella improvisada partida de caza, miraba a su hermano con marcado embeleso, como si hubiera acometido la más grande de las hazañas. Desde luego no era chica la de acertar a tres bestias a aquella distancia, pero el rostro de la bella mujer más que admiración, reflejaba adoración. Se acercó a su hermano, le tomó por el brazo y le susurró:

—Con este brazo, si quisieras, podrías conquistar más de un reino para nosotros.

El conde recuperó su inexpresividad habitual y sin mirar a Sebastián, pero refiriéndose a él, le dijo a su hermana:

—Con esa puntería podríamos hacer de este porquero un buen arquero.

—Podremos hacer muchas cosas con él, si cumple con el negocio que nos trae aquí.

Estas cosas las decía la condesa mirando a Sebastián con aquellos ojos profundos y misteriosos, que a veces parecían acariciarle, y otras presagiarle males desconocidos.

* * *

El negocio no podía ser otro que dar con la sobrina de los condes, y al anochecer de ese mismo día se consumó.

Tan pronto terminó la cacería la condesa comenzó a dar órdenes a la tropilla, para ponerse en marcha, después de montar en el carromato las tres piezas cobradas. Hasta el mediodía cabalgaron a buen paso, pero sin querer forzar a los caballos, hasta que llegaron al lugar en el que Sebastián tuvo el encuentro con la pareja. Echaron cuentas de las horas que habían ganado viajando de noche, y las que podía haber perdido la pareja, durmiendo, y la condesa determinó que el carro siguiera a su paso y mandó poner los caballos al trote ligero. Se apreciaba que su hermano, el conde, en todo lo que no fuera su pasión por matar animales, la dejaba hacer.

A legua y media de allí se presentó la encrucijada de caminos y, por consejo de Sebastián, tomaron la calzada que conducía a Daimiel.

—¿Por qué piensas que han tomado este camino? —le preguntó la condesa.

—Porque vuestra sobrina iba en extremo cansada y yo les dije que en la calzada real encontrarían posadas en las que recuperar fuerzas. Si yo hubiera sido su guía hubiera tomado el otro, que va por lugares más apartados y más propios para esconderse, pero quien le acompañaba no parecía ser caballero de muchas luces.

La condesa se echó a reír ante semejante comentario, lo cual le hizo sentirse muy ufano a Sebastián, que así se veía distinguido por quien le parecía el colmo de la belleza y la distinción. Pero le desasosegaba que la risa de los labios no se correspondiera con la de los ojos, siempre serios y taladrantes.

Llevaban una hora de buen trote cuando dieron con un matrimonio de campesinos que trabajaban en la era, a los que preguntaron si habían visto a la pareja. El marido se destocó para hablar con gente tan principal, y con temor en el rostro dijo que por allí no había pasado nadie de semejantes señas, en los dos últimos días.

La condesa, sin perder la sonrisa de los labios, pero acentuando el rigor de su mirada, advirtió a Sebastián:

—Mira bien por dónde nos traes, no vayamos a acabar donde no queremos, sobre todo tú. Y a ver si va a resultar que el traidor que la ha raptado va a tener más luces que tú.

Sebastián, picado en su amor propio, le pidió permiso a la condesa para adelantarse y hacer averiguaciones por su cuenta. Lo hizo porque, por propia experiencia sabía que la gente llana temblaba ante los señores y tendían a decir que no habían visto nada, para evitarse complicaciones.

Se lo concedió la condesa, puso su caballo al galope y pronto obtuvo el premio a su sagacidad. En la primera posada en la que se detuvo, el posadero le dijo que en ella habían pernoctado los huidos. Sebastián había cuidado de dejar el caballo escondido en un bosquecillo, y presentarse a pie y humilde, como un criado que lleva un mensaje a su dueña.

Esperó a la partida y muy orgulloso le contó a la condesa el resultado de su añagaza.

—Bien, bien —dijo la condesa con una complacencia tensa—, acabemos esto cuanto antes —y añadió, dirigiéndose al alférez Basilio—: Cuando regresemos cuida de quemar la era de los campesinos que nos han mentido.

* * *

Poco les costó dar con los que huían con tan poco fundamento. A partir de ese momento Sebastián se adelantaba para preguntar a los caminantes por ellos, y todos le daban razón de una joven doncella que apenas podía andar ya que llevaba por todo calzado unos chapines de cordobán, impropios para caminar por breñas y carrascas.

Cuando los encontraron, entre dos luces, el hombre ayudaba a caminar a la joven tomándola de la cintura, y ella se colgaba de su hombro. Al oír ruido de caballos, la doncella se soltó de su acompañante e hizo frente a los que llegaban, procurando mantenerse erguida, con aire desafiante. La condesa mandó parar a la tropa y ella hizo avanzar a su caballo, con calculada lentitud, hacia la pareja. Las dos mujeres se sostuvieron la mirada, y por fin habló la condesa:

—¿Se puede saber adónde queríais ir?

—Lo más lejos posible de vos —le contestó con voz firme la doncella.

—¿Ah, sí? Pues nosotros llegamos a pensar que os habían raptado —le replicó la condesa sin alzar la voz.

—¿Raptada? Cierto que estoy raptada, pero es por vos —le replicó con la misma moderación la doncella.

—Desde que estás con nosotros sólo queremos lo mejor para ti.

Ante esta frase la doncella se limitó a hacer un gesto de desprecio. El conde de Lácar seguía la conversación con su habitual expresión de indiferencia, como si se le diera poco lo que allí estaba sucediendo. La doncella hizo uso de la palabra para pedir un favor: que no se castigara al joven soldado que tan poca gracia se había dado en organizar su huida.

—Se ha limitado —explicó a su tía— a cumplir las órdenes que yo le he dado, a lo que tengo tanto derecho como vos.

—Y más derecho tendríais —le replicó la condesa— si tuvierais más paciencia y no olvidarais que lleváis sangre real en vuestras venas. ¿No os dan vergüenza vuestras trazas más propias de una mendiga que de una princesa?

La joven ni se molestó en contestar a ese reproche, pero cuando advirtió la presencia de Sebastián entre la tropa, comentó con acento dolorido:

—Mirad quién está ahí; el buen samaritano que hasta nos brindó alimentos para seguir nuestro camino.

Sebastián seguía desconcertado la escena, sin alcanzar a saber quién llevaría razón en un pleito de familia, entre gente tan principal, pero dispuesto a hacer cuanto estuviera en su mano para conservar el caballo que llevaba entre sus piernas.

A la joven doncella la subieron al carro y al soldado lo ataron a la cola de un caballo.

Reemprendieron el camino de vuelta, también a buen paso, pero volvieron a hacer noche al abrigo de un robledal por el que discurría un arroyuelo. Y al amanecer se repitió la escena del día anterior; el conde de Lácar requirió a Sebastián para ir tras unas piezas de caza que suponía no debían andar lejos de allí. En esta ocasión se trataba de ciervos, y el conde cobró tres, uno de grandes cuernos, más dos cervatillos que apenas levantaban unos palmos del suelo. No les acompañó la condesa, que se quedó en la tienda, junto a su sobrina, como si no quisiera perderla de vista.

Cuando regresaron de la cacería la condesa peinaba a la doncella con un cepillo de plata, y le hacía consideraciones que parecían las de una madre preocupada por la suerte de una hija díscola.

* * *

4

EN el camino de vuelta, al llegar a la altura de Naciados, Sebastián pidió permiso para despedirse y volver con su abuelo.

—¿Cómo así? —se extraño la condesa—. ¿No quieres venir con nosotros al castillo? Te irá mejor que cuidando cerdos. O que vendiendo noticias; no siempre vas a estar tan acertado como en esta ocasión, y ya sabes el riesgo que corren los de tu condición.

—Sí, mi señora, pero debo dar cuenta a mi abuelo de una piara de cerdos que están a mi cuidado, y que son parte principal de su pobre hacienda.

Esta conversación la tenían ambos a caballo, hasta que Sebastián se decidió a desmontar, para que no se entendiera que pretendía estar a la misma altura de quien era tan superior a él. Pero sin soltar la brida del caballo, para que también se entendiera que lo tenía por suyo.

La condesa, que ya iba advirtiendo que Sebastián parecía saber leer los pensamientos ajenos, le espetó meliflua:

—Si te vas tienes que dejar el caballo.

—¿No creéis, mi señora, que me lo he ganado con el servicio que os he prestado? —suplicó Sebastián con gran humildad.

—Según lo convenido te recuerdo que te has ganado un caballo viejo, no uno como el que montas, que está en la flor de su vida.

La condesa, durante esta conversación, mantenía un aire divertido, lo que animó a Sebastián a probar fortuna:

—¿Y qué más debo hacer, mi señora, para ganarme uno como éste?

—La gente de tu condición —le contestó— no tiene derecho a servirse de tales caballos, a menos que esté al servicio de un gran señor. Pero en prueba del aprecio que te voy tomando, puedes llevártelo.

A Sebastián le dio un vuelco de alegría el corazón y, conforme a la costumbre, se hincó de rodillas ante la condesa, tomó una de sus manos y se la besó con rendida reverencia. La condesa se dejó hacer, complacida, y hasta se inclinó para acariciar su cabeza con la otra mano.

—Pero no olvides —le advirtió— que ese caballo no es tuyo, sino del castillo, y si no vuelves es como si lo hubieras robado. Y ya sabes la suerte que les espera a los que roban caballos.

Bien sabía Sebastián que era la horca, pero era tal la alegría de sentirse centauro sobre aquel hermoso animal, que le dio de nuevo las gracias y emprendió el galope, camino de Naciados.

* * *

Cuando el abuelo Lorenzo, que estaba cavando en el huerto, vio llegar a un jinete haciendo caracolear a su caballo, dejó su quehacer, se puso en pie con la cabeza destocada, en actitud de espera respetuosa como correspondía ante la llegada de un caballero. Le pareció ver que el caballero era su nieto y creyó estar soñando. Y cuando confirmó que era él, se echó a temblar, y le preguntó angustiado:

—¿Pero de dónde has sacado ese animal?

—Del castillo del conde de Lácar —le respondió Sebastián sin dejar de lucirse en caracoleos muy adornados.

—¿Del conde de Lácar? —se asombró el abuelo, aterrado—. ¡Date por muerto, insensato!

—No será tal, abuelo, que tengo títulos de la condesa, su hermana, para servirme de él, como si fuera propio.

—¿De su hermana, la condesa Columba? —volvió a preguntar el abuelo como quien no da crédito a sus oídos—. ¡Imposible! No hay noticia de que haya dado nunca nada a nadie, más bien toma todo lo que se pone a su alcance. Su codicia no tiene límites. A menos que le hayas vendido tu alma, como quien se la vende al diablo.

—Lo único que le he vendido, abuelo, es una noticia como es costumbre entre nosotros. Y no de las más importantes, aunque para ellos sí parece que lo era; les di cuenta de que una doncella, que luego resultó ser sobrina suya, se había escapado del castillo.

El abuelo movió la cabeza pesaroso, como si no entendiera nada, y sólo acertó a decirle:

—Mal maestro tuyo he sido al no haberte advertido que no te acercaras, ni con el pensamiento, al castillo de Lácar. Baja del caballo y cuéntame todo lo que ha sucedido.

* * *

Cuando Sebastián terminó su relato, el abuelo le comentó:

—¿Y no sentiste lástima de esa infeliz muchacha y de su enamorado?

—¿Su enamorado? —se sorprendió Sebastián—. No sé si lo será o no lo será, pero en ningún caso merece ser correspondido por mujer de tantas prendas. A ella se le puede disculpar huida tan atolondrada, pues no es propio de doncella educada entre sedas, entender de trochas y caminos a través de los montes; pero él no tiene disculpa. Nada hizo a derechas. ¿Cómo no he de tener por necio a quien emprende una huida, por la calzada real, vestido como quien va a un baile, y sin aprovisionarse ni tan siquiera de agua para el camino? En cuanto a la doncella pienso que por mal que le vaya con sus tíos, le ira mejor que en compañía de ese mentecato.

—¡No sabes lo que dices! ¡Cuánto te queda por aprender sobre la maldad humana! —le reprendió su abuelo— ¿No te das cuenta de lo desesperada que tenía que estar esa joven para huir con tanta precipitación? ¿No te apena el haberle cortado las alas?

Quedóse pensativo Sebastián y admitió:

—Sí, abuelo; cuando la apresamos y me miró, dolorida, reprochándome el haberla engañado, me sentí disgustado. Pero pienso que en nuestro oficio siempre es así; la noticia que aprovecha a quien se la vendes, daña a quien se la robas.

—¡Qué bien razonas Sebastián! ¡Y cuántas veces en mi vida me pesó el tener que ganármela diciendo a unos lo que sabía de otros! Pero si no lo hacía, nos moriríamos de hambre. Por eso, ahora que tenemos este huerto y este modesto pasar, te encarezco que dejes ese oficio.

—Sí, abuelo —le contestó como de costumbre Sebastián, aunque en esta ocasión añadió—: Y pienso que no me van a faltar oportunidades para dejarlo, porque la condesa me ha brindado el tomarme a su servicio. Y el mismo conde de Lácar dice que podrán hacer de mí un buen arquero.

—¿Tú al servicio del castillo de Lácar? ¡Que el Cielo nos guarde! Hemos de hablar inmediatamente con el ama Blandina para que nos aconseje lo que debemos hacer.

—Haré lo que diga tan sabia mujer —le advirtió Sebastián—, siempre que no me obligue a devolver este caballo.

* * *

El ama Blandina era una mujer de avanzada edad, que vivía como una ermitaña en una casa horadada en la roca, a las afueras del pueblo. De ella se decía que tenía el don de consejo, y que hasta adivinaba el porvenir de las gentes. A lo que Blandina replicaba que si venía a verla una mujer encinta de cuatro meses, adivinaba que cinco meses después daría a luz. Unas veces decía que sería niño lo que naciera, y otras que sería niña; y unas veces acertaba y otras no.

En lo que sí acertaba era en arreglar huesos rotos o descoyuntados, y también en curar algunos males con pócimas de hierbas que ella misma buscaba. Por sus servicios cobraba lo que quisieran darle, que generalmente era algún conejo o gallina, o un poco de trigo o cebada; de natural generosa, y muy confiada en la providencia de Dios, al que nada tenía no le cobraba, y si le sobraba de lo suyo lo repartía con los pobres. Eso le daba un gran prestigio en la región y muchos la tenían por santa.

Por dar consejos no cobraba nada porque decía que para darlos sólo se servía del sentido común, que es algo que ni se compra ni se vende. También se servía de una memoria prodigiosa y, dada su avanzada edad, podía dar noticia de la invasión de Almanzor y de los tiempos gloriosos del califato de Córdoba.

Sebastián y su abuelo se presentaron en su casa, y cuando la buena mujer les vio llegar trayendo de la brida un caballo, exclamó muy seria:

—¡Qué querréis de mí cuando me traéis, como regalo, un caballo tan hermoso!

Sebastián pensó que lo decía de veras y ganas le dieron de volver por donde habían venido. Pero el abuelo le sujetó por el hombro y replicó al ama Blandina:

—Precisamente queremos de ti, sabia mujer, que nos digas cómo podemos deshacernos de él, que mucho me temo que mi nieto, por la inexperiencia de sus pocos años, lo ha tomado en préstamo de la condesa Columba, y ella lo ha tomado a él en prenda.

—De la condesa Columba —determinó la anciana— no quisiera yo recibir ni el aire que respiro.

El abuelo, acongojado, le contó todo lo sucedido y a la mujer, según avanzaba el relato, se le iba nublando el rostro. Cuando terminó de hablar, Blandina se quedó muy pensativa, y al fin dijo:

—La doncella, que con tan poca fortuna quiso escapar, es descendiente del emperador Vermudo II de León, pero por la línea de unos amores que tuvo con una aldeana de Mieres, tan bella y tan aseada que le llamaban Velasquita la Pulquérrima. La doncella se llama Cristina, y cuando se quedó huérfana, siendo muy niña, la tomó en su corte Sancho II el Fuerte, rey de Castilla y de León, dándole el trato y la consideración de una infanta de Castilla. Pero cuando este noble rey murió a manos del traidor Bellido Dolfos, durante el sitio de Zamora, se deshizo su corte y no sé de qué clase de artes se sirvió la condesa Columba, pero consiguió la custodia de la joven princesa.

—Es su tía —le razonó Sebastián.

—¿Su tía? —dijo la anciana con tono escéptico—. Será su tía para lo que le interesa, que es quedarse con toda su hacienda, que no debe ser corta, heredada como está de quien fuera emperador de León. Pero dudo mucho de que sea su tía, según la sangre. Aunque todo pudiera ser porque la gente noble, por miedo a mezclarse con los que no son de su sangre, acaban siendo parientes los unos de los otros.

Y se metió la anciana en una larga digresión de parentescos reales y nobiliarios, que el abuelo Lorenzo seguía con mucho interés (y hasta opinaba y rectificaba a la mujer en ocasiones) pero que a Sebastián le aburrió tanto, que a punto estuvo de dormirse. Pero se espabiló cuando llegaron a los personajes que él acababa de conocer. El anterior conde de Lácar, primo lejano de Sancho II el Fuerte, había tenido esos dos hijos y había prohibido a su hija, Columba, contraer matrimonio a fin de que un posible marido no hiciera sombra al joven conde.

—¿Y se ha resignado tan hermosa mujer a no tener amores? —se admiró Sebastián.

—Amores tiene, pero muy torcidos —le explicó veladamente la anciana— y su único cariño verdadero, el que siente por su hermano, también lo tiene torcido empeñada como está en hacer de él un gran señor, quién sabe si un rey. De ahí su codicia en robar cuanto se le pone a su alcance, para tener muchos dineros con los que armar un gran ejército.

Esto no le extrañó a Sebastián, pues sabía que hasta los reyes precisaban de caudales para mantener a sus ejércitos.

—La condesa Columba —prosiguió la anciana— sólo vive para el lucimiento de su hermano, y éste sólo vive para pelear. Del conde se dice que es invencible con la espada o con la lanza, y él no desaprovecha ocasión de demostrarlo. Hasta se cuenta que es capaz de alancear un águila en pleno vuelo.

—Un águila no sé —dijo Sebastián— pero yo le he visto atravesar tres jabalíes y otros tantos ciervos, a una distancia que no alcanzaría yo con la honda.

Y con todo detalle le contó las dos cacerías en las que había participado y el papel que había jugado en ellas.

—Entonces no me digáis más —dictaminó el ama Blandina—; está claro lo que quieren de ti en el castillo. Si el conde ha visto la maña que te das en rastrear la caza, y la condesa tu acierto en traer y llevar noticias, de seguro que piensan sacar buen provecho de ti. Y hasta puede que no te vaya mal con ellos, salvado el peligro que corre tu alma.

—¿Para qué necesita arriesgar su alma, o su vida, quien no le falta de un trozo de pan que llevarse a la boca? —dijo el abuelo angustiado ante la idea de perder a su nieto.

—Sebastián —dijo el ama Blandina—, me parece que el caballo tiene mal la herradura del cuarto trasero izquierdo; vete a donde el herrero para que te la asegure.

El muchacho obedeció sin rechistar, aunque sabía que las herraduras no tenían falla.

* * *

Cuando se quedaron solos habló el ama Blandina, como quien se tiene muy pensado lo que debe decir:

—No te hagas ilusiones, Lorenzo, de que tu nieto se vaya a conformar con cuidar del huerto y de los cerdos. Su estrella apunta muy alto, y ha nacido para destacar entre muchos. ¿No te has dado cuenta del arte que se da en el hablar, impropio de un muchacho sin letras? ¿Y la gracia de sus movimientos, la agudeza de su mirada y el fundamento con el que discurre? Si no fuera tan joven, no diría que la condesa no se hubiera prendado de él.

—¡Qué locura! —se escandalizó el abuelo.

—¿Locura? Locura la del viejo conde de Lácar, que al prohibirla casar conforme demanda natura, la obliga a buscarse amores donde no debe.

El abuelo, desconcertado ante tales reflexiones, se limitó a preguntar humildemente:

—¿Y qué me aconsejas que haga, buena mujer?

—Lo que estás haciendo, Lorenzo; querer mucho a tu nieto, y preocuparte por su suerte. Pero no vayas a quererle tanto, que se la tuerzas del todo. Para empezar conviene que se las ingenie para devolver ese caballo, que dices que le tiene a él en prenda, y dices bien.

—Pero Sebastián —le explicó acongojado el abuelo— por nada de este mundo lo devolverá, pues en tener un caballo ha estado siempre la ilusión de su vida.

—Pues si quiere tener un caballo —determinó la mujer—, que aprenda a ser caballero, que son quienes los montan por derecho.

* * *

5

RESIGNADO el abuelo Lorenzo a que su nieto picara tan alto le consintió que volviera al castillo de Lácar, pero encareciéndole que no se sujetara a los condes, siguiendo los consejos que le había dado el ama Blandina.

La condesa le recibió melosa y festiva, y le dijo cuando lo tuvo en su presencia:

—¿Has venido a cambiar tu caballo por otro más viejo?

—Como vos dispongáis, mi señora —le contestó Sebastián, sumiso, pensando que así seguía los consejos de su abuelo.

—Eso es lo convenido. Pero antes me gustaría que me hicieras un servicio que entra dentro de vuestro oficio de vendedor de noticias. Si aciertas como acertaste en lo de mi sobrina, puede que te quedes con ese caballo como tuyo.

—Los caballos sólo los tienen como suyos los que son armados caballeros —le replicó humilde Sebastián—. ¿Y puedo yo alcanzar esa condición?

La mujer se echó a reír y le preguntó:

—¿Quién te ha dicho semejante cosa?

—Una anciana que es tan sabia y tan santa, que hasta dicen que hace milagros.

—Pues a ver si hace el milagro de convertirte a ti en caballero, que sería milagro y de los grandes, pues por la sangre que corre por tus venas, no parece que tengas ese derecho.

Calló Sebastián, le miró muy fijo la condesa con esa mirada que le taladraba, y continuó:

—También hay quienes ganan el título de caballero por hazañas en el campo de batalla, si saben servir a un buen señor.

—¿Qué clase de hazaña esperáis de mí? —preguntó Sebastián que cuando se sentía así mirado, parecía no tener más voluntad que hacer lo que le pidiera aquella hermosa mujer.

—Abdallah Ben, que se dice rey de Beni-Cacim, se niega a pagarnos las parias que nos son debidas, y por el bien de todos los reinos cristianos no podemos consentirlo. Quiero que vayas a su campamento y me informes con cuántos hombres armados cuenta, cuántos de a caballo, cuántos de a pie, y cómo y dónde tiene dispuestas sus tropas.

Sebastián respiró aliviado ante semejante petición, porque era un trabajo muy propio de un vendedor de noticias. Además le parecía de justicia que los condes quisieran cobrar, por la fuerza, las parias que les eran debidas, por ser esa la costumbre de los caballeros cristianos. Las parias eran un tributo que los árabes pagaban a los cristianos para que les protegieran o, por lo menos, para que les dejaran vivir en paz.

—Pero antes hemos de ir a la caza de un jabalí alunado, que así le dicen porque tiene los colmillos tan largos que han tomado la forma de media luna. También dicen que parecen los cuernos del diablo, que es quien mora en su cuerpo, y tengo yo ganas de conocer más de cerca a tan gran señor. ¡Ja, ja, ja!

Quien así habló fue el conde de Lácar quien, conforme a su costumbre, estaba sentado a la vera de su hermana, estático y con aire distraído. Era la primera vez que le oía reír Sebastián, y su risa sonaba metálica y poco agradable.

—Querido hermano —le recordó la condesa— ya va para seis meses que Abdallah Ben se burla de nosotros en el asunto de las parias, y de seguir así seremos el hazmerreír de todos los moros.

—Lo que ha esperado seis meses, puede esperar unos días más —replicó el conde.

—¿Y es que acaso el jabalí alunado no puede esperar?

—El jabalí sí, pero el diablo que lleva dentro quizá no. ¡Ja, ja, ja! El muchacho me acompañará.

A Sebastián le halagó el que cazador tan aventajado como el conde requiriese de sus servicios para una cacería tan especial. Pero al mismo tiempo sentía miedo. Miedo de que fuera cierto que los colmillos de aquel animal fueran los cuernos del diablo. Y también miedo de que el conde no temiera ir al encuentro del señor de las tinieblas.

* * *

La partida estaba prevista para la medianoche, y aquella misma tarde vio a la princesa Cristina —así la llamaba la condesa— cosiendo en un bastidor, en una soleada galería, en compañía de una dama. Sebastián reconoció en ella a la hermana de la anterior dueña, aquella que había sido ahorcada por haberle facilitado la huida. Las vio en la distancia cuando marchaba camino del cuerpo de guardia, a descabezar un sueño antes de la partida; a su paso la joven levantó la cabeza, le miró y esbozó una triste sonrisa, que desconcertó a Sebastián.

Y más desconcertado se quedó cuando el viejo soldado al que conociera el primer día, le despertó antes de la hora prevista y le dijo que una mujer le esperaba en la barbacana exterior. Era noche de luna menguante, pero todavía luminosa, y la mujer se disimulaba en un rincón de la muralla, con clara intención de no ser vista. Era la nueva dueña de la joven doncella, quien le advirtió:

—Habla bajo. Tengo un recado para ti de mi señora. Quiere que sepas que no te guarda rencor por lo que hiciste. Ya sabe que eres de Naciados, y que los de ese pueblo os ganáis la vida de ese modo. También quiere saber si te vas a quedar en el castillo por mucho tiempo.

—Esta noche salgo de caza con el señor conde, y a mi regreso debo prestar un servicio a la condesa, y más no os puedo decir —le explicó Sebastián que había aprendido de su abuelo a ser muy cauto al hablar con gente principal.

—¿Y a tu regreso de ese servicio quedarás libre? —insistió la dueña.

—Libre siempre lo soy, puesto que no soy siervo de nadie —le contestó Sebastián con un punto de orgullo.

—Pues si libre eres, mi señora tiene para ti un trabajo que puede cambiar tu vida.

—¿No será ayudarla a escapar como ya lo intentó con aquel pobre desgraciado?

Negó la mujer con la cabeza y le aclaró:

—Un trabajo por el que podrías tener más caballos de los que puedas montar en tu vida, y quién sabe si ser armado caballero.

—¿Y cómo sabéis que esos son mis sueños? —se admiró Sebastián.

A la mujer se le escapó una risa muy tenue, y le explicó:

—Este castillo es muy grande por fuera, pero muy chico por dentro, y todo lo que en él sucede o se dice, se llega a saber si no se tiene mucho cuidado.

—¿Y es que acaso vuestra señora tiene títulos reales para hacerme caballero? —preguntó intrigado Sebastián—. ¿Es cierto que es princesa, como dice la condesa?

—Princesa podría ser por la sangre que corre por sus venas y, también, por la nobleza de su corazón, que es tanta que mi hermana arriesgó su vida por ella, y yo estoy haciendo otro tanto. Al hablar contigo corro un gran peligro.

—¿Y cuál es ese trabajo que merecerá tan gran premio?

—Lo sabrás cuando estés decidido a acometerlo —le contestó la dueña de modo terminante.

—¿Pero cómo voy a decidir sobre lo que ignoro? —insistió Sebastián.

—Tu corazón decidirá por ti si la codicia no te nubla el juicio. Dios te guarde, muchacho, de los peligros que te acechan.

Y tras estas palabras la dueña, muy pegada a la muralla de la barbacana, desapareció de su vista.

Cuando volvió a su catre del cuerpo de guardia, el viejo soldado le volvió a repetir:

—Tengo yo un nieto de tu edad, a quien no quisiera ver metido en esos pasos. Llegaste hace un par de días como porquerizo, y ya andas en tratos con los principales señores de este castillo. Mira de acertar a quién de ellos debes dar gusto, porque en equivocarte te va la vida.

* * *

Al día siguiente a quien acertó a dar gusto fue al conde de Lácar, por la parte que le tocó en la caza del jabalí alunado. Cabalgaron de noche y con las primeras luces del día se le pasaron los miedos; se olvidó de que el diablo podría estar en aquel juego, y se puso a rastrear con entusiasmo allí donde le indicó el conde que tenía su guarida el animal. Otros tres batidores, más dos soldados, que formaban en la partida, se mostraban más remisos y temerosos de meterse entre las carrascas de aquel monte bajo y cerrado. La condesa, como de costumbre, se mantenía cerca de su adorado hermano, como si su presencia fuera necesaria para conjurar cualquier adversidad.

Las huellas del animal eran inequívocas y pronto dio señales de su presencia. El conde ordenó a los batidores que lo hicieran salir a un claro del bosque, porque quería alancearlo a caballo, como en justa lid de caballeros armados, ya que si el diablo moraba en él se merecía tal honor tan gran señor. A Sebastián no le gustaba bromear a costa de Belcebú, y como la condesa Columba lo advirtiese, le dijo a Sebastián:

—¿Crees que bromea al hablar así? Pues estás equivocado. ¿O es que acaso tú no crees en el diablo?

Sebastián se calló, prudente, y cuando llegó el momento de sacar de su guarida al jabalí se mostró muy diligente y acertado. Como se pasaba tantas horas por los montes con la piara, conocía bien las costumbres de aquellos animales, y pronto se apercibió de que el jabalí, como si supiera la suerte que le esperaba, tentó de escapar por una trocha muy tupida de matorrales y lentiscos. Y ahí estuvo el acierto de Sebastián que, con sus temibles hondazos, le obligó a salir al claro en el que le esperaba, lanza en ristre, el señor de Lácar.

Era tal el tamaño de aquel animal que, en su enloquecida carrera, sus pisadas hacían retemblar el bosque, y a su paso se espantaban todos los animales. Hasta el caballo del conde se alzó de patas y lanzó un relincho de terror, pero el conde, con mano de hierro, le obligó a plantarse y así él de un lanzazo pudo atravesar de parte a parte al jabalí; mas era tal su corpulencia, y su vigor, que aun con el asta hincada, intentó volver a su guarida para morir en ella. Pero el conde descabalgó de un brinco, tomó la espada que llevaba al cinto con ambas manos y de un solo tajo descabezó a la bestia. El más diestro de los verdugos no lo hubiera hecho mejor, pensó Sebastián, que había contemplado fascinado la hazaña.

El conde, al igual que en las anteriores cacerías, jadeaba como expresión del placer que le producían aquellos lances.

A renglón seguido vino el capítulo de premios y castigos. Dirigiéndose a Sebastián le preguntó:

—¿Cómo dices que te llamas, muchacho?

—Sebastián, mi señor.

—Toma Sebastián —y le lanzó una moneda de plata, de la acuñación de Toledo—. Ya sabes lo que has de hacer para ganarte mi favor.

Era la frase más larga que le había oído pronunciar, y Sebastián se sintió gratificado no sólo por la moneda, sino también porque tan noble señor estuviera dispuesto a aprenderse su nombre. Lo que sucedió después no le gustó tanto. A uno de los batidores, el más medroso en acercarse a la guarida del jabalí, le cruzó la cara con su guantelete, cuyos nudillos eran de hierro, y el hombre con el rostro sangrante se puso de rodillas, pidiéndole perdón. Y a continuación vino lo peor: clavó su espada en el corazón del caballo que se había aterrorizado ante la presencia del jabalí.

Su hermana la condesa, le reprochó airada:

—¡Si no lo querías para ti, podíamos haberlo vendido!

El joven conde le contestó con un tono de voz indiferente:

—Hombres y animales deben de saber lo que espero de ellos.

Tardaría Sebastián en olvidar la mirada del noble bruto que, en su agonía, parecía suplicar clemencia a quien así le pagaba su fidelidad.

* * *

6

Y si algún día fallas con la honda, o tienes miedo, también te cruzará la cara con el guantelete de hierro, o te atravesará el corazón con la espada? —le requirió su abuelo, cuando marchaban camino de Beni-Cácim.

Beni-Cácim era el más pequeño de los reinos de taifas que había entre el reino de Toledo y la costa de Levante, y su rey, Abdallah Ben, el más perezoso de los señores. Había logrado mantenerse independiente gracias a que su primera esposa era una omeya, de la familia del último califa de Córdoba, quien le había prestado su protección. Y cuando el califato desapareció en el 1031, se apresuró a pedírsela al viejo conde de Lácar, su vecino cristiano más próximo.

Sebastián había vuelto a Naciados para pedir consejo a su abuelo sobre el mejor modo de cumplir el encargo que le había hecho la condesa. Y el abuelo había decidido acompañarle.

—Todavía tengo amigos mozárabes en Beni-Cácim —le dijo— de cuya información nos podemos fiar. Además, un anciano y su nieto, los dos medio moros, inspirarán pocas sospechas.

El abuelo Lorenzo cada vez estaba más preocupado con las cosas que le contaba su nieto, y cuando le explicó cómo había matado el conde a su caballo, dijo pesaroso: «Eso no lo hacen ni los turcos». También le había desconcertado la misteriosa propuesta que le hiciera la dueña de la princesa Cristina.

—Quiero que sepas —le confesó a su nieto— que el ama Blandina dice que tu estrella apunta muy alto, y que no has nacido para cuidar cerdos, y ya voy creyendo que lleva razón, pero lo que no puede decirnos ni tan sabia mujer, es ni la altura ni la dirección de esa estrella.

Sebastián, que no creía ni en estrellas, ni en augures, le replicó a su abuelo:

—Mi estrella apunta ahora a Beni-Cácim, y luego ya se verá.

Entraron en Beni-Cácim haciéndose pasar por vendedores de hortalizas que llevaban en un carro, tirado por un asno, y poco le costó al abuelo Lorenzo obtener la información deseada. Mientras Sebastián se quedaba en el mercado vendiendo las verduras, el abuelo visitó la alcazaba y habló con sus amigos. No tardó en regresar y le contó a Sebastián:

—Abdallah Ben dice que ya no necesita la protección del conde de Lácar porque tiene quien le protege mejor y no abusa en el cobro de las parias. Antes, cuando vivía el viejo conde, aunque codicioso, era posible entenderse con él. Pero desde que manda en el castillo la condesa Columba todo le parece poco y cada año quiere un quinto más de parias. Por eso se ha hecho venir una guardia de almorávides, del otro lado del Estrecho, que son los más fieros guerreros de África; además no temen a la muerte porque sus faquíes les dicen que si mueren en combate contra los infieles, entran derechamente en el paraíso. Los manda un negro gigantesco, que saca una cabeza al más alto de los nuestros, y dicen que es invencible en el combate —y añadió reflexivo—: No creo que esta información agrade a la condesa; cuida cómo se la das. No sería la primera vez que el mensajero que lleva una mala noticia, lo pague con su vida.

* * *

Dos días después estaba Sebastián de nuevo en la presencia de los condes y, siguiendo los consejos del abuelo, les fue dando la noticia poco a poco, y con muchos rodeos, hasta que la condesa le advirtió:

—Nosotros no cortamos la cabeza a los mensajeros que traen malas noticias, sino a los torpes. ¿De cuántos hombres se compone la guardia almorávide?

—De unos doscientos —contestó Sebastián que no podía evitar el temblar ante aquella mujer, que parecía adivinar siempre su pensamiento; pero al mismo tiempo su hermosura seguía fascinándole y tenía en mucho el quedar bien en su presencia.

—¿De a caballo o de a pie? —prosiguió la condesa.

—Los hay de a caballo, pero los más montan sobre camellos, de los que ya había oído hablar, pero nunca los había visto. Son animales de largas patas con una joroba a la espalda; dicen que pueden recorrer largas distancias, sin cansarse, y sin necesidad de comer o beber. El que los manda es un negro al que llaman Mallahi al-yund, que en su habla quiere decir *el que no conoce la derrota.*

La condesa escuchaba con el rostro ensombrecido y cuando terminó Sebastián la relación, se puso a cuchichear con el conde, que, sentado a su vera, parecía tan apático como de costumbre, como si se le diera poco lo que contaba el muchacho. Sebastián creyó entender que la condesa le decía a su hermano que no les convenía enfrentarse a esos salvajes africanos, y que debían de negociar el pago de las parias debidas por otros caminos. Levantóse el conde de su asiento y sin alzar la voz, dijo a su hermana:

—El percibir más o menos parias, y el cobrarlas hoy o dejarlo para mañana, es algo que os compete sólo a vos. Pero el no consentir que nadie, en mis dominios, se haga llamar *el que no conoce la derrota*, es de mi incumbencia y a fe que no lo he de consentir.

Los ojos de la condesa reflejaron un punto de temor, que pronto fue sustituido por la admiración que le producía la gallardía de su hermano.

* * *

Cuando Abdallah Ben, rey de Beni-Cácim, se enteró de que el conde de Lácar, al frente de un ejército de mil hombres, se dirigía a su reino, le mandó a su visir en demanda de resolver el pleito en lid de caballeros armados. Era esta una costumbre que venía de tiempos de los godos por la que los monarcas, para arreglar sus diferencias, se concertaban en designar un caballero que se batiera en duelo individual.

—¿Por qué hemos de aceptar dirimir en duelo individual lo que podemos conseguir por la fuerza de las armas? —le replicó la condesa al visir de Beni-

Cácim—. ¿Es que acaso no veis que nuestro ejército es más poderoso que el vuestro?

—La victoria la da Alá —le contestó el visir con mal disimulada soberbia— y nuestro señor, el rey Abdallah Ben, cuenta con guerreros muy devotos cuyo sueño es el ir al encuentro de Alá, en el paraíso, luchando contra los cristianos.

—Pues no les privemos de ese placer —le replicó la condesa sarcástica, dispuesta a dar por terminada la embajada.

Ésta tenía lugar en una tienda de campaña que habían montado los cristianos en la frontera con Beni-Cácim, junto a un arroyo rumoroso muy propio para abrevar los caballos de una tropa tan numerosa. Sebastián formaba parte de la tropa, por exigencia de la condesa, que le había advertido: «No tienes edad para pelear, pero sí ojos para vigilar». Cuando la condesa no estaba tensa, cuidando de su hermano, o discurriendo cosas en su provecho, se convertía en un ser más humano y le decía cosas agradables a Sebastián. En vísperas de la algara de Beni-Cácim le dijo que sus ojos eran tan hermosos como los de una gacela, pero tan agudos como los de un lince. Cuando le decía tales cosas le pasaba la mano por la cabeza, con aire maternal, y Sebastián se sentía el más honrado de los mortales.

En aquellas vísperas la condesa le había advertido que no anduviera lejos de ellos y por eso Sebastián pudo asistir a la embajada del visir. Cuando éste, ofendido por el sarcasmo de la condesa, se disponía a levantar el campo y retirarse, habló el conde:

—¿Cómo se llama el campeón del rey Abdallah?

—Mallahi al-yund —le contestó desafiante el visir.

—¿Y qué significa eso en vuestra habla?

—El que no conoce la derrota —fue la orgullosa respuesta del mandatario.

—Por ver combatir a tan maravilloso caballero, bien vale exponerse a perder las parias —dijo el conde—. Decid a vuestro rey y señor que aceptamos resolver el pleito en lid de caballeros armados. Y conforme a la *Lex Visigotorum* nos reservamos el derecho de designar a nuestro campeón hasta el día del duelo.

La condesa torció el gesto ante la intervención de su hermano, pero no se atrevió a contradecirle en público.

* * *

Nada era tan del gusto de nobles y plebeyos como la celebración de una justa, a muerte, entre caballeros armados. Pronto se corrió por toda la región la noticia del duelo concertado entre el castillo de Lácar y el reino de Abdallah Ben, y el día convenido una multitud de gentes, de toda condición, ocupaban los alrededores del prado de Beni-Cácim en el que se había cercado el palenque.

Este prado se encontraba a los pies de la alcazaba, y se ofrecía a la vista cubierto de una tupida hierba y cuajado de margaritas y caléndulas silvestres. El rey Abdallah había mandado levantar una tribuna, de la que eran huéspedes tanto los principales caballeros de su reino, como los del castillo de Lácar. Hacía cabeza de éste la condesa Columba, radiante de hermosura y enjoyada como no era habitual en ella, pero con la mirada más oscura y penetrante que nunca.

El rey Abdallah, que traía fama de ser muy galante con las mujeres, y muy aficionado a los encantos de las cristianas, se deshizo en elogios ante su belleza, y hasta se permitió decirle que por desposarla sería capaz de renegar de su fe y hacerse cristiano. También tenía fama este monarca de impío, dado al vino, en contra de lo que prescribía el Corán para los de su religión, y en aquella ocasión no se recató de beber y hacer que corriera el vino entre sus invitados.

La condesa recibía sus halagos con sonrisas de complacencia y hasta accedió a beber de la copa que le brindaba el rey moro. Cuando llegó la hora acordada, que era la del mediodía del 30 de mayo del año 1073, le preguntó el monarca árabe:

—¿Es que acaso no nos honrará con su presencia vuestro joven hermano, el conde de Lácar?

—Nos honrará en donde más pueden lucir sus gracias. En el palenque —fue la respuesta de la condesa.

Abdallah Ben, que estaba medio ebrio, se echó a reír creyendo que la condesa bromeaba. Era impensable que quien hacía cabeza de un reino, o condado, fuera a batirse en duelo singular. Para eso estaban los alféreces, o los caballeros forzudos; para arriesgar la vida por sus señores.

Los cortesanos de Abdallah le acompañaron en sus risas, y la condesa les interpeló:

—¿Por qué reís? ¿Es que acaso hay alguna ley de moros o cristianos que impida al primer caballero del reino defender los intereses de su propio reino?

El rostro del monarca, viendo que la condesa hablaba en serio, se ensombreció, y replicó:

—La ley del sentido común, que en este caso parece haberle faltado al joven conde. Mayormente cuanto quien se enfrenta a él no conoce la derrota.

—Algún día tenía que conocerla —replicó gélida la condesa.

A una señal del monarca el juez de la lid, que era un moro noble del reino de Valencia, mandó que sonaran los clarines, y los dos caballeros armados hicieron acto de presencia en el palenque. El conde de Lácar montaba sobre un caballo negro azabache y vestía una loriga labrada a punto de malla, en hierro bruñido, calzaba espuelas de plata, y se cubría la cabeza con un yelmo de oro fulgente; el escudo todo él labrado también en oro, lucía esculpida a fuego, en bermellón, el emblema de los condes de Lácar.

Del campeón moro no se sabía si admirar más sus proporciones, verdaderamente descomunales, o la gracia y soltura de todos sus movimientos. Cabalgaba sobre un caballo ruano, tan hermoso como su dueño, de grupas grandes y redondas, que piafaba inquieto como si no viera el momento de entrar en combate.

En la primera embestida no hubo choque de lanzas. Los dos caballeros se limitaron a correr el campo, observándose, caracoleando sus caballos como si estuvieran jugando cañas. El pueblo llano admiraba, embelesado, la armonía y destreza con la que se manejaban ambos paladines, el esplendor de sus armas y la serenidad con la que empeñaban sus vidas.

En la segunda embestida ambos contendientes se ciñeron a la valla de separación e iniciaron un galope muy medido, con la lanza en ristre, y el escudo embrazado de modo que les protegiera desde el mentón hasta la cintura. El choque entre ambos fue tremendo, y de él salió indemne el lidiador de Beni-Cácim y con la lanza partida el conde de Lácar.

Según las leyes de la caballería el conde podía rendirse, o continuar el duelo sirviéndose de la espada, como así hizo. Se revolvió en su caballo, desenvainó la espada, y se enfrentó a quien ahora tenía la ventaja de seguir lanza en ristre.

Sebastián, que haciéndose pasar por paje de la condesa se había introducido en la tribuna, admiróse de la serenidad de su rostro, como si no estuviera en juego la vida de su adorado hermano. Ella, que le cuidaba con el mimo de una madre, y no le consentía sentarse entre corrientes, no fuera a resfriarse.

El rey Abdallah Ben, sin disimular el contento que le producía el giro tan favorable que, para sus intereses, había tomado el combate, se dirigió a la condesa y le sugirió:

—Vuestro hermano ya ha demostrado que es un cumplido caballero, de corazón valeroso. ¿Creéis que por unas míseras parias vale la pena que arriesgue su vida? Mirad que en la próxima embestida lleva todas las de perder, y que no hay loriga que se pueda resistir a la lanza de Mallahi al-yund.

La condesa ni se dignó contestarle, y el juez de la lid, después de mirar a la tribuna, gritó:

—¡Continúe la lidia!

El campeón moro se recreó en su superioridad, y se dirigió hacia su adversario haciendo bailar a su caballo, dispuesto a asestarle el lanzazo mortal y ahí estuvo su perdición. Levantó su brazo derecho dejando al descubierto la axila y por tan débil punto le atravesó de parte a parte la espada del conde. Todo sucedió en un abrir y cerrar de ojos y el público tardó en darse cuenta de que era el final del combate. El conde había esperado a Mallahi al-yund y cuando lo tuvo a prudencial distancia espoleó al caballo contra su adversario, y como del encuentro salió sin armas en la mano, muchos pensaron que había perdido la espada en la embestida. Máxime cuando el caballo ruano siguió trotando unos pasos llevando a lomos el cuerpo herido de muerte de su señor.

Antes de que el vencido cayese del caballo, se levantó la condesa de su asiento y, con un tono de voz que parecía venir de los infiernos, le dijo al rey Abdallah:

—Al alba de mañana queremos haber cobrado hasta el último dinar de las parias debidas. En nuestro campamento os esperamos; si no, vendremos nosotros a cobrarlas.

Y sin atender a los balbuceos y disculpas del rey moro, abandonó la tribuna seguida de los caballeros de su corte. Al pasar junto a Sebastián, le dijo:

—Ya has visto de la parte de quién te trae cuenta estar.

* * *

Fascinado Sebastián por el magnetismo que sobre él ejercía la condesa, y deseoso de hacer méritos a sus ojos, en lugar de seguir al cortejo de los vencedores, se quedó en la alcazaba de Beni-Cácim a fin de obtener noticias.

Poco le costó el conseguirlas. La guardia almorávide, en la que tenía puesta su confianza el rey Abdallah, entendió que la muerte de su capitán era un castigo del cielo, por mezclarse en negocios de gente impía, y recogiendo su cadáver tomaron el camino de África.

El rey Abdallah, desolado y aterrado, mandó publicar un bando solicitando de todos sus súbditos un impuesto extraordinario, a fin de poder pagar las parias. Pero como fuera impensable que en tan pocas horas consiguiera la recaudación, envió de nuevo embajadores a la condesa, pidiéndole más plazo para el pago.

Se adelantó a éstos Sebastián y cuando informó a la condesa de la retirada de los almorávides, a la señora se le nublaron los ojos de alegría. En cambio el conde comentó:

—No me hubiera disgustado descabezar a unos cuantos de esos sucios africanos.

—¿Para qué queremos pelear contra esos desharrapados, que sólo se alimentan de dátiles secos y leche de camella? ¿Qué botín íbamos a sacar de esa gente? —le reprochó su hermana.

—En la vida no todo es el botín —le replicó el conde.

Sebastián asistía a la discusión con la vista baja, como le había enseñado su abuelo que había que mostrarse ante los señores, pero muy atento a cuanto decían. Y se dio cuenta de que para el conde, por encima del botín, estaba el placer de pelear y... de matar. Las discusiones entre los hermanos eran siempre muy breves, porque el conde parecía reservar sus fuerzas para luchar, no para hablar.

La condesa, después de escudriñar de arriba abajo a Sebastián, le dio una monedita de plata, como premio a su trabajo, y le preguntó:

—¿Cómo es que lograste entrar en la tribuna durante la lidia?

Sebastián la miró de reojo —casi nunca se atrevía a hacerlo de frente—, creyó ver una lucecita simpática en aquellos ojos siempre cargados de amenazas, y se atrevió a contestarle la verdad:

—Me hice pasar por vuestro paje.

—¿Mi paje, con esas trazas de porquerizo? Merecerías que te mandara azotar.

El conde se rió, cloqueante, como si le pareciera una buena idea la de fustigar al atrevido, pero Sebastián se dio cuenta de que a la condesa no le había disgustado su audacia.

—Está bien —determinó la condesa—, haremos que te faciliten un traje de paje, para que no me pongas en vergüenza.

* * *

La condesa no quiso recibir a los embajadores del rey moro, y a la del alba todo el ejército del castillo estaba en pie de guerra. Con el alférez Basilio al frente, ondeando el pendón de los Lácar, y justo detrás el conde flanqueado por sus mejores caballeros, se encaminaron a la alcazaba de Beni-Cácim, que sólo distaba dos leguas del campamento cristiano.

En la puerta principal les esperaba el visir, con otros moros notables, portando en grandes ánforas el tesoro que habían podido reunir en aquellas pocas horas. Una de las ánforas, que no pesaría menos de ocho libras, estaba rebosante de monedas de oro, de la acuñación de Sevilla; otra contenía aljófares y esmeraldas, y una tercera armas de guerra, labradas en oro y plata y con incrustaciones de pedrería.

El visir se puso de rodillas ante el conde de Lácar y le suplicó:

—Aquí va la mitad de lo debido y en el plazo de una semana os podremos entregar el resto.

La condesa marchaba en la retaguardia, cabalgando a lo amazona, engalanada como quien va a una fiesta, y protegida por una guardia de arqueros portugueses, famosos por su destreza en el manejo del arco. A la cola de éstos iba Sebastián, en su nueva condición de paje de la condesa, vestido con un jubón muy ajustado, todo él cubierto de lentejuelas doradas.

Cuando habló el visir, el conde se limitó a volver la cabeza hacia donde estaba su hermana, y esta espoleó su caballo para comprobar con sus propios ojos lo que se les ofrecía. Sebastián la siguió, por entender que era su obligación como paje, y vio brillar aquellos ojos a la vista del tesoro con una luz maléfica y sobrecogedora. Luego, dirigiéndose al visir, le recordó:

—¿No dijisteis que la victoria la da Alá? Pues a vosotros os la ha denegado, y no tenemos nosotros por qué ser más misericordiosos que vuestro Dios.

Miró a su hermano y, como si ya estuvieran concertados sobre lo que habían de hacer, el conde emitió un bramido gutural, desenvainó la espada y embistió contra las débiles fuerzas enemigas que guardaban la puerta principal de la alcazaba. Mientras tanto la condesa daba órdenes a sus arqueros para que recogieran el tesoro que se ofrecía a sus pies, y lo pusieran a resguardo en carros vigilados por hombres de su confianza.

El alférez Basilio, al frente de un contingente de lanceros de a pie, entró por la poterna del cuerpo de guardia y pronto toda la fortaleza estuvo en poder de los cristianos, que procedieron al pillaje y al saqueo, como era costumbre de la época.

La condesa, poseída de un ansia irrefrenable, daba órdenes a diestro y siniestro para que no descuidasen tomar todo lo que hubiera de valor a su alcance. Y hasta se bajó del caballo para arrancar, con sus propias manos, una sortija de zafiros que lucía en la mano de un moro muerto.

Detrás de las tropas llegaron las bandas auxiliares, formadas por gentes muy miserables, que se conformaban con los despojos de lo que no habían tomado los soldados. A éstos también los vigilaba la condesa y sólo consentía que tomasen calzados o ropas de poco valor.

El conde, mientras tanto, sólo atendía a buscar pelea frente a los pocos reductos que ofrecían resistencia a su espada. Terminó la jornada cubierto de sangre de la cabeza a los pies, y el tenebroso jadeo que acompañaba a sus actos de fuerza, le duró hasta bien entrada la noche.

Y el paje Sebastián, ante aquella orgía de sangre y de codicia, se quedó desconcertado; por una parte muy admirado de la fiereza y destreza del conde en el combate, y por otra temeroso de que aquella fiereza pudiera volverse algún día contra él. En cuanto a la condesa, seguía fascinado en su presencia, vencido por aquella mirada penetrante en la que leía premios, pero también castigos si no cumplía lo que se esperaba de él.

* * *

7

LA victoria de los condes de Lácar fue muy sonada en toda la Península, pero no a todos pareció bien. Hasta la corte de Alfonso VI, Emperador de las Tres Religiones, llegaron quejas de la crueldad de las tropas del conde, que suponían un desdoro para la cristiandad. Pero el conde de Nájera, primo del de Lácar y valido del rey leonés, salió en su defensa. Si los caballeros cristianos no se cobraban las parias debidas, ¿cómo podrían mantener sus reinos? Si a los soldados no se les permitía algún provecho saqueando a los vencidos, ¿cómo podrían sostenerse los ejércitos mercenarios? Y si la cristiandad no tenía buenos ejércitos, ¿cuánto tardarían los almorávides, de África, en hacerse de nuevo con la Península? Y a saber si no serían capaces de llegar hasta Roma como hicieron los bárbaros en siglos pasados.

El rey Alfonso era de buen natural, pero débil de carácter, y en todo se dejaba aconsejar por el de Nájera. Además, la condesa Columba, siguiendo los consejos de su primo, mandó al monarca un presente de caballos árabes y piedras preciosas, como parte del botín correspondiente a la corona, y así lo contentó.

* * *

Vinieron días tranquilos para el paje Sebastián, cuyo único trabajo era acompañar al conde en sus cacerías y lucirse como rastreador.

La condesa, por su parte, se afanaba en trajinar el tesoro obtenido, negociando con los comerciantes judíos el trueque de joyas por monedas de oro, por las que sentía verdadera devoción. Eso no quitaba para que, de vez en cuando, se alhajase de arriba abajo y hasta se vistiera con los trajes de las moras del harén del rey Abdallah, todos bordados con hilos de oro y adornados con turquesas y esmeraldas.

Cuando Sebastián la veía así vestida le parecía una diosa, y llegó a pensar si no estaría enamorado de ella; según cantaban los juglares que recorrían los caminos con sus vihuelas, no sería la primera vez que un paje se enamoraba de su señora y daba la vida por ella.

En estos desconciertos andaba cuando llegó un vendedor de noticias, de Naciados, primo lejano suyo, que haciéndose pasar por buhonero entró en el castillo y le dijo:

—Vengo a darte un recado de parte del abuelo Lorenzo. Me dice que te diga que si es cierto, como se ha corrido la voz, que gozas del favor de la condesa, y que te has enamorado de ella, que te hagas cuenta de que te has enamorado del demonio.

A Sebastián le corrió un escalofrío a lo largo de la espalda porque sabía que su abuelo nunca hablaba por hablar, y que aunque sólo tenía un ojo, con él veía más que muchos con los dos. A pesar de todo le replicó:

—¿Cómo puede pensar el abuelo que sea capaz de enamorarme de quien es más que yo en todo? Y aunque fuéramos de igual condición, ¿cómo habría de enamorarme de mujer tan mayor?

—Lo mismo le he advertido yo —le contestó el primo—, y me ha contestado que son más los que se enamoran de los que están por encima de ellos, que los que se enamoran de los que están por debajo. Y en cuanto a la edad, aunque la condesa parece mayor por el mucho gobierno que tiene, el ama Blandina ha echado cuentas, y le salen poco más de veinte años, y dice que no serías el primer joven al que ha embrujado, para luego deshacerse de él.

—¿Qué puedo hacer entonces? —se preguntó tembloroso Sebastián—. Del castillo no puedo irme. Ahora me tiene por su paje, y un paje que abandona a sus señores puede pagarlo con su vida.

—Cierto —admitió el primo—. Dice el ama Blandina que procures no mirar a los ojos de la condesa, porque en ellos hay una fuerza extraña. Lo mismo que la serpiente fascina al pajarillo antes de comérselo, puede hacer la condesa contigo. Que Dios te ilumine, primo Sebastián, sobre lo que debes hacer, que yo poco puedo y hasta pienso que ya he hecho demasiado, pues si se enteran los condes del recado que te he traído, no tardaría mucho en estar colgado de una cuerda. Y como alguien nos habrá visto juntos cómprame algo de lo que llevo, para no dar que sospechar.

Y le ofreció una cinta dorada, de las que se servían las damas para sujetarse los cabellos, y Sebastián le pagó con una de las moneditas de plata con las que le obsequiaban sus señores. El primo se lo agradeció, pero le advirtió:

—Ni por cinco ni por diez monedas de éstas volvería yo a darte otro recado. Prefiero vender noticias en medio de una batalla, que rondar por el castillo de Lácar.

* * *

Sumido en la confusión que le había producido el mensaje de su abuelo, sin saber qué partido tomar, se enfrentó Sebastián a la cena de aquella noche, en la que le correspondía servir los vinos a los señores.

La condesa estuvo especialmente afable con él y Sebastián, siguiendo el consejo del ama Blandina, procuraba no levantar los ojos del suelo, hasta que la condesa, con una risa simpática le interpeló:

—¿Se te ha perdido algo que no haces nada más que buscar por todos los rincones del suelo?

Sebastián fingió extrañeza, pidió disculpas, y miró cara a cara a la condesa, sintiéndose absorbido por la mirada de aquellos ojos negros.

—Por cierto —prosiguió la dama—, ¿con quién hablabas esta tarde? Era un joven de tu edad, y hasta tenía algún parecido contigo.

Acostumbrado Sebastián a la misteriosa sabiduría de la condesa, reaccionó con prontitud:

—Era un buhonero al que le he comprado una cinta para el cabello.

Y sacándosela de la faltriquera que llevaba a la cintura, se la mostró para que no dudara de su palabra.

—¿Y para quién la has comprado? ¿Es que, acaso, hay alguna muchacha en Naciados que merezca peinarse con cinta de oro? Más bien parece una prenda para dama más principal.

—Así es, mi señora —le contestó con un atrevimiento que sabía que era del gusto de la condesa—, pero sería demasiada audacia por mi parte ofrecérsela a la única dama principal que yo conozco.

—¡Ja, ja, ja! —rió la condesa—. De quien se atrevió a hacerse pasar por mi paje, sin serlo, se puede esperar cualquier desvergüenza. Veamos cómo me sienta esa cinta.

Y tomándola de las manos de Sebastián se la hizo colocar por una doncella mora que no se separaba de ella. Al muchacho, ahora que la sabía más joven de lo que pensara, le pareció más atractiva que nunca.

—¿Y tú cuántos años tienes ahora? —se interesó la condesa mientras jugaba con sus cabellos, sujetos por la cinta.

—En los pueblos no se lleva la cuenta de los años, como se hace entre la gente noble, ni tenemos escritos en los que consta si nacimos tal día, o tal otro, pero según mi abuelo puede que vaya para los diecisiete —mintió Sebastián para que la condesa lo tuviera en más.

—No me parece a mí que tengas tantos —le replicó ésta—, pero algún día los tendrás, y serás un guapo mozo, pese a que por el color de la cara más pareces moro que cristiano.

A continuación le pasó la mano por la cabeza, como se hace con un niño, y con un mohín de disgusto le reprendió:

—Serás un guapo mozo, pero muy sucio como sigas bañándote sólo por Pascua florida. ¿Es que acaso has olvidado que ya no eres un porquerizo, y que no andas entre cerdos?

Cuando la condesa lo trataba así Sebastián perdía el sentido, y deseaba ser embrujado por ella, como le advirtiera su primo, aunque eso le obligara a asomarse a las puertas del infierno.

* * *

A la mañana siguiente se bañó en el río, cuyas aguas bajaban heladas por el deshielo primaveral; luego encendió una hoguera, calentó agua, y se restregó la cabeza hasta que los cabellos quedaron sueltos y brillantes. En este menester le encontró el soldado viejo, quien se asombró:

—¿Qué es lo que ocurre? ¿Es que tienes alguna peste?

Esto lo decía porque entre los cristianos no había costumbre de bañarse, ni acicalarse, a diferencia de los árabes que eran muy aficionados a los baños, y disponían de establecimientos para tomarlos. Cuando Sebastián le explicó que se bañaba por orden de la condesa, el viejo suspiró:

—¡Ay, muchacho, muchacho! No sé qué va a ser de ti. Me parece que ya has elegido a quién quieres complacer, y mucho te va en la apuesta.

—¿Es que, acaso, no habéis elegido el mismo camino que yo? —le requirió Sebastián—. ¿No servimos los dos al mismo señor?

—Sí; pero yo sólo le sirvo en la guerra, y como siempre acierta a ganar, y no nos discute el botín, resulta buen señor. Pero de ti esperan algo más. ¿El qué? No lo sé. Ni quiero saberlo.

—Ya veo que se os da poco de lo que sea de mí —le dijo Sebastián, con tono dolido.

El soldado viejo se compadeció de él y le comentó que si había llegado a viejo en el castillo de Lácar, había sido por no meterse en las cosas de los señores.

—Y tú, en tan poco tiempo, te has metido demasiado —le reprendió—, y más que te quieren meter. La dueña de la princesa Cristina me ha tentado para que te prepare una entrevista con ella y te confieso que no me he atrevido. La condesa tiene mil ojos que miran por ella en este castillo, y lo que esos ojos no ven, parece que lo adivina ella por arte de magia. Y no pienso hablar más contigo de este asunto.

Y dando media vuelta se marchó el soldado viejo, dejando a Sebastián tiritando de frío en un destemplado día de primavera.

* * *

Aquella misma tarde le comenzó a moquear la nariz y por la noche le entraron unos temblores de fiebre, que apenas le permitían sostenerse en pie. A pesar de todo trató de servir a la mesa de los condes, como era su obligación, pero al darse cuenta la condesa de su estado le dijo adusta y temerosa:

—¡Alto ahí! ¿Por qué tiemblas? ¡Apártate!

Toda la serenidad que mostraba la condesa cuando su hermano se jugaba la vida, con las armas en la mano, se tornaba en supersticioso terror cuando cabía la posibilidad de que pudiera caer enfermo. Y como los temblores de fiebre podían ser síntoma de cólera, o de otra de las muchas epidemias que asolaban los reinos en aquellos siglos, mandó salir a Sebastián de la estancia, y ordenó que lo examinara un cirujano árabe con fama de sabio.

El cirujano le diagnosticó una pulmonía y aunque entendía que el mal no era contagioso, dispuso la condesa que se le internara en una choza que tenían para estos casos, fuera del recinto del castillo. Entre las nieblas de la fiebre sintió Sebastián a la condesa distante, fría, con una mirada amenazadora, como si estuviera poniendo en peligro la vida de su hermano.

Tardó en curar quince días y lo único que recordaba de ellos era al soldado viejo, que le colocaba emplastos hirvientes de hierbas aromáticas sobre el pecho, y le hacía beber mucha agua. Nadie más entraba en la choza. Sebastián tenía continuas pesadillas, la mayoría de ellas relacionadas con la condesa a quien veía en sueños ordenando que lo enterrasen vivo, para que no contagiara su mal.

Por fin un hermoso día, casi de verano, se despertó sosegado y sin fiebre, pero muy débil. El soldado viejo, siguiendo instrucciones del médico árabe, le dio a beber un poco de leche de burra, y le reprochó:

—¿A quién se le ocurre tomar un baño de agua helada? El agua sólo es buena para beberla, y tampoco mucha. ¿Tú te imaginas que a un pez lo sacasen del río y lo restregasen con arena? Pues igual de malo es para los hombres restregarse en el agua.

A los dos días de alimentarse de leche de burra pudo sentarse en el camastro, pero el soldado viejo le advirtió que no podía acercarse al castillo hasta que la condesa lo dispusiera. Y la condesa, junto con su hermano, había emprendido viaje a la corte de Toledo para rendir pleitesía al monarca, pero sobre todo a su favorito, el conde de Nájera, con quien tenían negocios.

La choza, como refugio de posibles apestados, estaba en un lugar apartado, pero agradable, sombreado por un robledal silvestre por el que discurría un arroyo cantarín. En cuanto cobró fuerzas, Sebastián salió a tomar el aire y a pasear, aunque con muy poco ánimo. La comida se la traía el soldado viejo y era con el único con el que tenía oportunidad de departir. Los días se le hacían largos y aburridos apartado del castillo, y continuamente se le pasaban por la cabeza pensamientos tristes. El soldado viejo le decía que eso era porque estaba muy débil, pero que cuando recuperase todas sus fuerzas, le volvería la alegría de vivir. Sebastián no se lo creía y temía que ya había perdido para siempre el favor de la condesa, que a saber lo que dispondría de él, cuando regresara de la Corte.

Un atardecer, en el que se sentía especialmente triste y abandonado de todos, se presentó la dueña de la princesa Cristina, con gran sigilo. Sebastián estaba sentado en una piedra, contemplando el discurrir del arroyo y envidiando a aquellas aguas que cantaban alegres, camino de mares lejanos, cuando sintió que le chistaban y le advertían:

—Ya sabes quién soy. Sigue sentado y no vuelvas la cabeza para mirarme. Aunque los condes están ausentes hay que ser prudentes. ¿Has pensado en lo que te dije?

—No puedo acordarme, mi señora, de lo que me dijisteis, porque siento la cabeza hueca, como si la tuviera perdida —le confesó humilde el muchacho.

—Pues más perdida la tendrás cuando regrese la condesa —le dijo la dueña que le hablaba disimulada entre unos arbustos próximos al arroyo—. Ya has visto lo que te ha ocurrido por haberte puesto enfermo. Te ha abandonado como a un perro, y si no llega a ser por tu amigo, el soldado, puede que estuvieras muerto a estas horas.

—Sí, mi señora —admitió Sebastián.

—Te dije —le recordó la dueña— que la princesa tiene un trabajo para ti, muy propio de un vendedor de noticias, que te permitirá tener más caballos de los que puedes montar en tu vida.

—La cuestión es, mi señora —reflexionó Sebastián—, que ya no soy vendedor de noticias, sino paje de la condesa, y en cuanto a caballos, hasta el mismo señor conde me permite montar los suyos.

—No seas necio, muchacho; te permite que se los cuides, pero como se le quiebre una pata a uno de ellos, te quebrará él a ti las dos, y de paso también la cabeza.

—Sí, mi señora —volvió a admitir Sebastián, que bien conocía los temibles arrebatos del apático conde.

—Además, te recuerdo que con mi ama hasta podrías llegar a escudero y quién sabe si ser armado caballero.

Al oír esto último se removió en Sebastián su vocación a ser más, y preguntó:

—¿Y qué espera la princesa de mí, que merezca tan alto premio?

—Que llevéis a un caballero la noticia de que está prisionera en este castillo, y él se ocupará de lo demás.

—¿Tan lejos está ese caballero —se interesó Sebastián—, que tan difícil es decírselo?

—Tan lejos que no sabemos dónde está. Sólo sabemos que anda desterrado por su rey, ganándose el pan en tierra de moros, y para encontrarle hace falta la maña que os dais los vendedores de noticias, y los muchos amigos que tenéis por todas partes. Y hasta tener un abuelo como el tuyo, que trae fama de saber encontrar una aguja en un pajar.

—¿Y qué caballero es ése en quien tanto confiáis y de quien pensáis que ha de poder con el conde y con todo su ejército?

—El más grande caballero que han conocido los tiempos, Rodrigo Díaz de Vivar, a quien los moros llaman con toda justicia el Cid Campeador, porque ha nacido para no conocer la derrota.

Fue la primera vez que Sebastián oyó hablar del caballero sin tacha, que habría de convertirse en leyenda perenne de la caballería andante.

* * *

8

ERA Rodrigo Díaz de Vivar un infanzón de modesto origen, ya que su padre, don Diego Laínez, le había dejado por toda herencia dos molinos en las márgenes del río Ubierna, a su paso por Vivar, pequeño poblado próximo a la ciudad de Burgos. El poseer molinos era un privilegio señorial ya que los campesinos, por fuerza, habían de moler su trigo en ellos y pagar en especie por el servicio.

Aunque era un privilegio señorial de poca categoría, dio derecho al joven Rodrigo a educarse en la corte del emperador Fernando I, que reinaba en León, Castilla y Galicia. Desde la adolescencia obtuvo el favor del infante don Sancho, primogénito del emperador, de cuya mano acabó recibiendo la investidura de caballero.

Al fallecimiento del emperador Fernando, subió al trono su primogénito, conocido como Sancho el Fuerte, por la nobleza de su carácter y por su afición a toda clase de juegos de armas y fuerza. Su primera medida fue nombrar a Rodrigo Díaz de Vivar como su alférez, o primer caballero de la corte, cuando sólo contaba veinte años.

El de Vivar era fidelísimo a su rey y señor, y por él peleó en lid singular de caballeros armados, contra el conde de Lizarra, para recuperar el castillo de Pazuengos, que había sido arrebatado por los navarros a la corona de Castilla. Fue un duelo tan sonado, que todos los vendedores de noticias la hicieron correr por los diversos reinos de España, y desde aquel día comenzaron a llamarle el Campeador, que quería decir guerreador afortunado en armas.

Poco después, y también en lid singular de caballeros armados, hubo de enfrentarse al moro Hariz, de Medinaceli, a quien descabezó de un solo tajo, mereciendo de los árabes el sobrenombre de Cid, o mío Cid, expresión medio mora, medio castellana, que quería decir «mi señor».

Como señor en el campo de batalla tomó fama de invencible, pero tan generoso con los vencidos, que no fueron pocos los reinos de taifas que se rendían a su espada, para tenerle luego como su señor.

A las órdenes de Sancho el Fuerte ensanchó el reino de Castilla y León, y de él cuentan las crónicas que su sueño era conseguir un reino unido que llegase hasta Levante, en el que moros y cristianos vivieran en armonía, respetándose sus ritos y costumbres. También contaba con grandes amigos entre los judíos, y uno de ellos, llamado Elifaz, estaba empeñado en prestarle cuanto dinero precisara para armar un ejército, que le permitiera ser rey de su propio reino. Pero el Campeador le había jurado fidelidad a don Sancho, y desoía cualquier consejo que le pudiera apartar de ella.

Por mor de esa fidelidad accedió a poner sitio a la ciudad de Zamora, cuya hermosura tenía deslumbrado al rey Sancho quien determinó: «No puede llamarse señor de España quien no sea señor de Zamora». Esta ciudad pertenecía a su hermana doña Urraca, y Rodrigo le hizo ver al rey que más valía que se concertara amistosamente con quien llevaba su misma sangre. El Cid, en persona, hizo de embajador cerca de doña Urraca, a quien le ofreció en trueque cinco villas en la parte del Bierzo, mucho más ricas que Zamora. Pero la infanta se negó y don Sancho dijo que no podía consentir tener a sus espaldas plaza tan bien fortificada, y ordenó cerco formal para sitiarla por hambre.

Como el ejército castellano fuera muy superior al de Zamora, los sitiados recurrieron a la astucia y, gracias a la osadía de un caballero italiano llamado Bellido Dolfos, de quien se decía que estaba enamorado de la infanta doña Urraca, consiguieron poner fin al sitio. El 17 de octubre del 1072 este caballero, en una atrevida salida, logró entrar en la tienda del rey de Castilla, mientras dormía la siesta, y le traspasó con su espada.

Muerto Sancho el Fuerte, fue cuando más empeño puso el judío Elifaz en que se coronase como rey el Campeador, para lo que contaba con el apoyo de los jóvenes nobles castellanos, que veían en el Cid el modelo de caballero a seguir. Pero éste determinó que habían de cumplirse las leyes de Castilla que llamaban al trono a don Alfonso, hermano del fallecido, siempre que jurara que para nada había tomado parte en la muerte de su hermano don Sancho.

Este juramento lo prestó don Alfonso en la iglesia de Santa Gadea, virgen por vocación y mártir por no prestarse a jurar en falso. A Rodrigo Díaz, como alférez mayor del reino, le tocó tomarle el juramento y cuentan las crónicas que desde entonces cayó en desgracia del nuevo monarca.

Lo único que se sabe de cierto, es que este rey era de buen natural, pero muy sensual, aficionado al trato con las cantoras árabes, y deseoso de que en todo le dieran la razón. El conde de Nájera, caballero principal de su corte, a quien llamaban el Boquituerto, por tener la boca torcida, logró hacerse con su favor dándole gusto en todo. Celoso de la aureola que rodeaba al Cid Campeador, consiguió del monarca que lo mandara a cobrar las parias al rey Motámid, de Sevilla, y luego se las ingenió para hacer creer al rey que Rodrigo se había quedado con ellas.

Montó en cólera Alfonso VI y decretó el destierro del Campeador de todos los territorios de su reino, bajo pena de muerte. Don Rodrigo lloró lágrimas de amargura porque se pensara tal miseria de él, pero los caballeros del Cid se alegraron pensando que saldrían gananciosos. Según el Fuero Viejo, el caballero desterrado sólo podía ganarse el pan guerreando en tierra de moros, y los jóvenes de su mesnada no dudaron de que ese pan podía ser muy sustancioso si quien les dirigía era tan afortunado en las armas como Rodrigo Díaz de Vivar.

No les faltó razón a los que así pensaban. Partió el Cid para el destierro al frente de trescientas lanzas de a caballo y con ellos comenzó las algaradas por todos los poblados fronterizos de los reinos de Zaragoza, Toledo y Badajoz, y logró hacerse con los castillos árabes de Alcocer, Castejón, Alcalá, Atienza, Guadalajara y Uclés, llegando por la raya de Badajoz hasta el río Alagón. En la Navidad del 1073 su mesnada la formaban tres mil caballeros entre castellanos, vascones y moros.

Y en este punto se abre un capítulo misterioso en la vida del Campeador. Después de una batalla muy famosa, en la que consiguió la rendición de todos los reinos de taifas situados al oeste del río Alagón, dejó la mesnada al mando de su alférez Álvar Háñez Minaya, que le era fidelísimo, a quien dijo que debía de resolver un negocio que sólo le competía a él. Minaya le hizo ver que si se apartaba de la mesnada, y era tomado preso por las tropas del rey Alfonso perdería la vida, pero de nada sirvió y partió solo sin querer llevar escolta.

Pasaron los meses sin que se supiera nada del campeón castellano y hasta se llegó a pensar que había perdido la vida en algún encuentro con moros o cristianos, o quizá con las bestias salvajes que tanto abundaban, por entonces, en los bosques de la Península. Pero los que confiaban en su buena estrella, no podían admitirlo y más bien pensaban que había atravesado los mares para rescatar el Santo Sepulcro del poder de los sarracenos. Otros decían que se había metido a ermitaño, cansado de tanto guerrear.

* * *

9

QUEDÓ Sebastián muy pensativo con lo que le contara la dueña de la princesa, admirado de que pudiera existir un caballero que había nacido para no conocer la derrota. Pero de ningún modo quiso comprometerse, sin fuerzas como estaba ni para discurrir.

—Entonces deja que discurra yo por ti —le dijo aquella misma noche el soldado viejo—. Nada pierdes por hablar con la princesa.

—¿Cómo que nada pierdo? —se admiró Sebastián—. ¿Os parece poco perder la vida, que es lo que me ocurrirá si se entera la condesa que ando en esa clase de tratos?

—La condesa está ausente y aún tardará en regresar, y yo conozco un camino para llegar a los aposentos de la princesa, que ni los mil ojos que vigilan por ella se enterarán.

—¿Y cómo es que, de repente, os arriesgáis a tanto? ¿No me decíais que habíais llegado a viejo por no meteros en los negocios de los señores? ¿Qué es lo que os ha hecho cambiar de parecer?

—Lo único que puede hacer cambiar de parecer a un soldado viejo y miserable, como yo —le confesó avergonzado—. El dinero. La dueña me ha prometido diez marcos de plata si consigo llevarte junto a ella. Y eso es demasiado dinero para un anciano a quien apenas le quedan fuerzas para sostener la espada.

—Sea —dijo Sebastián en un arranque—. Si gracias a vuestros cuidados durante mi enfermedad he logrado salir con vida, de algún modo debo de pagaros tan gran favor.

—Quién sabe si el favor no te lo hago yo —le replicó el soldado.

* * *

Aquella misma noche le condujo a los aposentos de la princesa, valiéndose del gran conocimiento que tenía de todos los recovecos del castillo. Y de una escala de cuerda que fue la que permitió a Sebastián trepar hasta un altillo que conducía a la galería, en la que le esperaba la dueña. Sin mediar palabra le llevó a la presencia de la princesa Cristina, que comenzó por darle las gracias por haber ido.

Sin que le faltara un punto de altivez, propio de las gentes de su condición, la princesa mostraba un aire sosegado y una belleza discreta, muy lejos de la esplendorosa hermosura de la condesa. Como distintivo de su doncellez lucía unos cabellos muy largos, que le alcanzaban hasta la cintura, que eran su mejor adorno. Los ojos los tenía claros y entristecidos, y los dientes muy menudos, pero sin ninguna falla. Cuando sonreía se le alegraba el rostro, pero sin perder el deje de tristeza.

—No te arrepentirás de haber venido, y ya verás cuánto provecho sacas, también, para tu alma —habló la dueña dando por supuesto que Sebastián venía a aceptar el encargo.

—Mi señora —habló Sebastián con la humildad con la que siempre debía de manifestarse un vendedor de noticias—, ¿cómo había de arrepentirme de ser recibido por gente tan noble? Además, obligado estaba a venir por lo mucho que debo al soldado que me lo ha pedido. Pero también debo mucho a quien no le agradaría saber que estoy hablando con sus señorías.

—Si te refieres a la condesa de aquí a no mucho tardar le deberás, también, el infierno, que es el camino que ha tomado, y tras de ella todos los que le siguen tan de cerca como tú —dijo la dueña con un tono de voz que revelaba el rencor que sentía hacia la señora del castillo.

—Discúlpala que hable así —medió la princesa—; la condesa ordenó ahorcar a su hermana, mi anterior dueña, y eso no lo puede olvidar. Pero en un punto lleva razón: la maldad de la condesa es contagiosa y todos podemos acabar siendo víctimas de ella. Su malicia ha hecho presa en mí y por su causa he hecho cosas que no se corresponden con mi alcurnia. ¿Os acordáis del soldado que, con tan mala fortuna, me ayudó a huir? Por mi culpa se pudre en las mazmorras del castillo, hasta que cualquier día el conde, por divertirse, le corte la cabeza.

—Será más bien por su culpa —habló Sebastián— porque bien torpe estuvo en todo lo que hizo.

—Más torpe estuve yo —le replicó condolida la princesa—, que fingí estar prendada de él, para que me ayudara a huir. Desde entonces cada día odio más a quien me tiene reducida de esta suerte, y ese odio envenena mi alma. A tanto llega que, a veces, me siento tentada a aceptar desposarme con el conde y, en la misma noche de nuestras bodas, degollarle como hizo Judit con Holofernes.

—Y yo os ayudaría con gusto a descabezarle —intervino la dueña con inquina.

—Pero tened en cuenta —le recordó la princesa— que Judit mató al tirano Holofernes por salvar al pueblo judío, mientras que nosotras lo haríamos sólo por odio. Por ese odio que está consiguiendo la condesa que tengamos, para que acabemos siendo como ella.

Sebastián les oía hablar de Judit y Holofernes, sin parar mientes de quiénes podrían ser tales personajes, pero sí le llamó la atención lo de los desposorios del conde con la princesa. Aunque tampoco demasiado pues era sobradamente sabido que las bodas entre gente principal se concertaban con independencia de las aficiones de los contrayentes.

—¿Está previsto que os caséis con el señor conde? —se interesó Sebastián, con la curiosidad propia de los que están acostumbrados a hurgar en vidas ajenas, en busca de noticias que vender.

—Está previsto que antes me dé la muerte que casarme con ese monstruo, cuyo único placer es el matar, sean hombres o animales —le replicó la princesa.

—En cuyo caso sí que os iríais a los infiernos, pues nadie puede atentar contra su propia vida —le reprendió la dueña, y añadió—: Por eso, niña mía, más vale que matemos al conde.

Sebastián oía, asombrado, cómo damas tan delicadas hablaban con tanta naturalidad de morir o de matar, hasta que la princesa rompió en sollozos, lamentándose de la locura que estaba haciendo presa de ellas. La dueña la tomó en sus brazos, y la consoló con mimos y arrumacos, y Sebastián no pudo por menos de conmoverse ante el dolor de la joven.

Aquella noche se enteró de que la condesa andaba urdiendo el matrimonio de su hermano con la princesa, para hacerse con los títulos y riquezas que le confería su condición de heredera, aunque lejana y bastarda, del emperador Vermudo II de León. Por ese camino el conde de Lácar se convertiría en príncipe, y se acercaría más a los sueños de su hermana de hacerle rey. El conde de Nájera veía con buenos ojos ese enlace, del que también sacaría algún provecho.

—¿Y por qué pensáis que Rodrigo Díaz de Vivar se prestará a ayudaros, oponiéndose al mismo alférez del emperador Alfonso? —preguntó Sebastián.

—Porque sabe que mi tío, el rey Sancho el Fuerte, nunca hubiera consentido ese matrimonio, y el Campeador, por su memoria, hará lo que sea preciso. Y nadie mejor que él puede hacerlo, no sólo por la fuerza de su brazo, sino porque es el caballero cristiano que mejor conoce las leyes visigodas y árabes, y sabrá lo que conviene hacer en estos casos.

—¿Y si es muerto, o está en tierras lejanas, como me ha contado el soldado que se dice por ahí? —insistió Sebastián.

—En tal caso sólo me queda morir —dijo la joven, prorrumpiendo de nuevo en llanto—. Pero en ningún caso consentiré que se posen sobre mí las manos de quien no merece ser llamado caballero, y cuanto menos cristiano.

Conmovido Sebastián por tan acendrado dolor, y subyugado por el candor y el encanto de la joven princesa, acabó por decir que haría lo que estuviera de su parte por ayudarle.

—Si lo vas a hacer, hazlo cuanto antes —le animó la dueña—, pues si la condesa vuelve te embrujará de nuevo con su mirada, que tiene un poder maligno para hacerse con la voluntad de los demás. Conmigo no puede porque es más fuerte el recuerdo de lo que hizo con mi hermana que el poder de su mirada. Pero a mi pobre niña, la princesa, a veces la sugestiona con sus ojos negros, hasta enloquecerla con el pío de que debe casarse con su hermano.

Esto se lo decía fuera de los aposentos, camino de la galería que le conduciría a donde le esperaba el soldado viejo, al pie de la escala de cuerda, y le dio otras razones que no cayeron en saco roto:

—Mucho confía la princesa en el Campeador y razón no le falta, por su cumplida fama de caballero que no soporta la injusticia. Pero, por si acaso, hazle saber que en los sótanos de este castillo se encierran tesoros que para sí los quisiera el emperador Alfonso.

Y pasó a detallarle cómo la condesa, cuya codicia era conocida y temida, andaba siempre promoviendo algaradas para hacerse con las armas y caballos, joyas y dineros, de los vencidos, que luego los convertía en monedas de oro; se contaba que ya tenía más de veinte cofres llenos de ellas. Cuando alcanzara los treinta pensaba traer un ejército de normandos, gente muy codiciosa y medio pagana, y con ellos alzar un ejército de diez mil lanzas, que les permitiría hacerse con todos los reinos árabes desde Denia hasta Barcelona. Para todo ello se habían concertado con el conde de

Nájera, que le haría ver al rey Alfonso la conveniencia de que el Levante español estuviera dominado por un rey cristiano, que le pagaría tributo.

—Aunque tengo para mí —continuó la dueña— que si la condesa logra hacer a su hermano rey del Levante luego querrá que se siente en el trono del mismo emperador. Te cuento todo esto para que sepa el Cid el provecho que puede sacar de su buena acción. No digo que él no lo hiciera sólo por la memoria del rey Sancho, pero los caballeros de su mesnada puede que no sean tan desinteresados, y tú y tu abuelo algo sacaréis, también, de todo ello.

* * *

Ante tal cúmulo de noticias, que podían hacer la fortuna de cualquier vendedor de ellas, salió Sebastián del castillo con la cabeza bulléndole de ideas confusas y encontradas. La única que tenía clara era la de que no podía quedarse en la choza de los apestados, a esperar el regreso de la condesa. El soldado viejo fue del mismo parecer y le dijo lo de siempre:

—Vete y ya no quiero saber más de ti, ni de tus líos.

—¿Pero es cierto que hay una cueva en los sótanos, que esconde un gran tesoro? —le preguntó Sebastián, con un punto de codicia.

—En algún sitio tienen que estar los muchos dineros que se merca la condesa después de las algaradas —le contestó evasivo el soldado—, pero que tiente de encontrarlo quien tenga en más los dineros que su vida. Y ese no es mi caso. Vete de una vez, y cuando vuelvas ya no me encontrarás. Por mis muchos años me han dado licencia para dejar de ser soldado, y pienso disfrutar de mis pocos ahorros, en compañía de mi nieto, que aunque es de tu misma edad, tiene la cabeza más sentada.

Se despidieron con abrazos y Sebastián montó en un caballo que le cediera la condesa después de la batalla de Beni-Cácim, y tomó el camino de Naciados con las primeras luces del día.

Cuando su abuelo le vio llegar jinete sobre un caballo árabe, de pura raza, se condolió pensando que seguía preso de los encantos de la condesa, que le consentía tal montura. Pero más se condolió cuando supo que lo había tomado sin su permiso.

—¡Date por muerto si te encuentran, insensato! —se lamentó el anciano.

—Por muerto me doy, de todas formas, si no soy capaz de dar con Rodrigo Díaz de Vivar, a quien también le dicen el Cid Campeador. ¿Has oído hablar de él?

—¿Quién no ha oído hablar del más grande caballero de la cristiandad? —le replicó el abuelo—. ¿Pero qué puedes tú tener que ver con tan alto personaje?

Desmontó Sebastián del caballo y le contó a su abuelo todo lo sucedido sin omitir detalle.

—La dueña entiende —concluyó— que sólo con tu ayuda podremos dar con él, pues de ti se dice que eres capaz de encontrar una aguja en un pajar.

—Eso sería cuando tenía los dos ojos, pero con uno solo no lo veo tan seguro —se dolió el abuelo.

Pero Sebastián se dio cuenta de que se sentía muy honrado de que le tuvieran en tanto en su oficio y, como ya se figuraba, dispuso:

—Tenemos que ir a donde el ama Blandina, a ver qué nos aconseja su sabiduría.

* * *

El ama Blandina los recibió en su casa horadada en la roca, y cuando le contaron el asunto que les llevaba allí, se quedó muy pensativa y tardó en hablar.

—Todavía estás a tiempo de volver al castillo —dijo dirigiéndose al muchacho— y contarle a la condesa los planes de la princesa. Ya verás cómo te recompensa.

Sebastián nada dijo porque sabía que en todo lo que decía la anciana había una intención.

—Claro está —continuó el ama— que en tal caso traicionarías a la princesa, pero si no traicionarás a la condesa. ¿Te sientes obligado con esta última?

—Me siento fascinado —le confesó Sebastián—. Cuando me mira, leo en su mirada tales deleites, que poco me cuesta hacer cuanto me pide.

—¿Y en los de la princesa qué lees?

—Mucha pena; pero también una dulzura y un sosiego que poco tienen que ver con los fulgores que arrojan los ojos de la condesa.

—Pues en ti está elegir el camino que quieres seguir. Con los condes puedes llegar muy arriba, quién sabe si a alférez, o a caballero muy principal de ese reino con el que se quieren hacer en el Levante. Con la princesa, de primeras, te toca echarte a los caminos en busca de un caballero, que ni tan siquiera sabemos si vive. Tú eliges.

—Ayudadme, ama Blandina, a elegir —le rogó Sebastián—. He salido tan trastocado de la enfermedad, que mi cabeza apenas acierta a discurrir.

—¿Y tu corazón? —le preguntó la anciana con aparente indiferencia.

—Los vendedores de noticias no tenemos derecho a tener corazón —le contestó Sebastián repitiendo un dicho propio de los de Naciados.

—Cierto es, niño mío —intervino el abuelo—. Pero a pesar de todo lo tenemos. Y el mío me dice que debo de hacer lo que esperan de mí la princesa y su dueña, para compensar tantos males como hice en mi vida pasada, por atender más a mi conveniencia que a mi corazón. Los de Naciados no andamos muy bien de religión, mezclados siempre entre cristianos, moros y judíos, pero en este final de mi vida no quiero seguir la que predica la condesa. Prefiero arriesgarme a buscar al caballero sin tacha. ¿Por dónde comenzarías tú la búsqueda, ama Blandina, si no tuvieras promesa de no moverte de esta ermita?

—Si no acierto a ver lo que tengo delante de mis narices, débil de los ojos como ando —le contestó la anciana—, ¿cómo quieres que vea lo que puede estar allende los mares?

Acostumbrado el abuelo Lorenzo a estos decires de su amiga, insistió:

—¿Y con los ojos del entendimiento qué ves?

—Veo —contestó Blandina después de pensárselo— que un caballero como el Campeador, que no quiere tratos con cantoras moras, porque casó muy enamorado de doña Jimena, no puede andar muy lejos de ella. Y si se apartó de las algaradas, de las que tanto provecho sacaba, algo tendrá que ver su esposa.

—Razón no te falta —admitió el abuelo— y bien dice un proverbio árabe que por el humo se sabe dónde está el fuego.

Sebastián escuchaba hablar a los dos ancianos, con el respeto que le merecían, y con admiración de que su abuelo estuviera dispuesto a abandonar su regalada vida en el huerto, y echarse de nuevo a los caminos.

El abuelo posó su mano sobre la cabeza del muchacho y le dijo con gran solemnidad:

—Sebastián, hemos elegido la senda estrecha y difícil, que no sabemos adónde nos llevará.

—Confío, abuelo, que acabe llevándonos a la cueva del tesoro de los Lácar, del que algo nos tocará.

El ama Blandina se echó a reír y se confirmó que aquel muchacho no había nacido para cuidar cerdos.

* * *

10

DISPUSO el abuelo que vendieran el caballo árabe a un tratante moro, y con lo que sacaron por él se compraron dos mulas de mediana alzada. Sebastián se resistía a desprenderse de tan hermoso animal, pero el abuelo le hizo ver que era más propio de dos vendedores de noticias, disfrazados de quincalleros, viajar en animales más modestos.

Tomaron el camino del septentrión y allá por donde pasaban siempre encontraba el abuelo un conocido, que le daba noticia de lo que podían encontrar más adelante.

En Consuegra, ya en el reino de Toledo, hicieron noche en la cabaña de un vendedor de noticias, judío, quien les informó que aunque Minaya era el alférez del Cid, la persona en quien más confiaba el Campeador era en el conde Peláez, hombre nobilísimo que, pese a ser de más alcurnia que el Cid, fue el primero en declararse vasallo suyo cuando le desterró el emperador Alfonso. Si alguien sabía por dónde andaba el adalid castellano sería él. También les informó que podían encontrar al mentado conde en Talavera, ya que mantenía relaciones con una mora ilustre de aquella plaza.

—Espero, Lorenzo —le dijo el judío—, que si sacas algún provecho de todo esto, te acordarás de mí.

El abuelo se lo prometió, y el judío se estuvo hasta bien entrada la noche contándoles hazañas de Rodrigo Díaz de Vivar, que Sebastián escuchaba embelesado. Aunque no se olvidaba del provecho que podrían sacar del tesoro de los Lácar, a veces pensaba que sólo por conocer a caballero de quien tales cosas se contaban, valía la pena aquella aventura. Y hasta por las noches soñaba con él, y en cómo sería en la realidad. También soñaba con la condesa, en ocasiones con deleite, y en otras con terror. También se acordaba del conde, pero de éste sólo con terror, pues no dudaba de que si daba con él lo atravesaría con su espada, de parte a parte, y luego comenzaría a jadear de satisfacción. Para quitarse estos pensamientos de la cabeza, procuraba recrearse en la dulzura de la princesa Cristina, y en las promesas que le hiciera la dueña de armarle caballero.

Les llevó una semana alcanzar la ciudad de Talavera, de las más principales del reino de Toledo y a la sazón muy poblada. Y les llevó otra semana ser admitidos a la presencia del conde Peláez. Caballero tan distinguido no tenía por qué tratar con quincalleros, y el abuelo tuvo que sobornar a un mayordomo árabe para conseguirlo. Residía el conde en una quinta muy hermosa, a orillas del río Tajo, propiedad de la mora ilustre de la que les hablara el judío de Consuegra. Les recibió con gesto altanero, advirtiéndoles que no tenía noticias que comprar ni que vender, y que tampoco le gustaba tener tratos con gente de su clase.

—No me extraña, mi señor —le dijo el abuelo Lorenzo con obligada humildad—, porque los más de nosotros somos mala gente. Pero en esta ocasión no estamos aquí para comprar ni para vender nada; mejor dicho —rectificó—, estamos para que este nieto mío que apenas tiene, todavía, luces para discurrir, no venda su alma al diablo.

Y con mucho arte le contó, por menudo, la historia de la princesa Cristina y del papel que en todo ello le había tocado jugar a Sebastián. La dama mora, que se llamaba Zuleima y estaba presente, se conmovió con la triste historia de la princesa y le dijo a su enamorado:

—Tengo para mí que es cierto cuanto dice este anciano y bien haríamos en ayudarle.

—Yo también lo tengo por cierto, pues recuerdo a la princesa de cuando era niña, en la corte del rey Sancho. Y de sus tíos, los condes de Lácar, sólo he oído hablar bien al conde de Nájera, y peor valedor no pueden tener —dijo el conde Peláez con la inquina que sentían todos los caballeros del Cid por el Boquituerto—. Pero de dónde se encuentre nuestro señor, el Cid Campeador, nada os puedo decir.

—Nos conformamos, mi señor —dijo el abuelo sin atreverse a levantar los ojos del suelo—, con que nos digáis dónde se encuentra su esposa, doña Jimena.

Enrojeció el conde y acabó por confesar:

—Lo siento, buen hombre, pero tengo comprometida mi palabra de caballero en no hablar para nada del paradero del Cid, y esto os debe de bastar.

Sabedor el abuelo Lorenzo en cuánto tenían los caballeros cristianos la palabra dada, bajó la cabeza resignado y se despidió con las zalemas que merecía tan gran señor.

A Sebastián, que como correspondía a un mozo, había permanecido callado, le hervía la sangre y le reprochó a su abuelo el que tan presto se hubiera conformado con aquella negativa. Éste, muy pacífico, le acarició la cabeza y le dijo:

—Dios nunca cierra una puerta sin abrir otra.

Y al día siguiente entraban por otra puerta de la quinta, de la mano de una doncella de Zuleima, quien les condujo a la presencia de su señora. Lucía la criada una gargantilla de latón plateada, presente del que se había servido el abuelo para ganarse su voluntad.

Zuleima, como todas las moras acostumbradas a la vida de harén, era muy aficionada a las historias de amores y desamores, y se hizo contar, con todo detalle, cómo era la princesa Cristina, cómo la hermosura de la condesa Columba, cómo la crueldad de su hermano el conde, y cuando el abuelo terminó el relato, suspiró y le dijo:

—No andas descaminado, anciano. El Cid Campeador no quiere saber nada de nosotras, las moras, porque sólo se debe a su esposa, doña Jimena. Y de ésta sé que cuando el Campeador partió para el destierro, la dejó en el monasterio de San Pedro de Cardeña, al cuidado de su abad Dom Sisebuto.

—¿Y sabéis si ha dejado la mesnada por ir, de nuevo, en su busca? —preguntó el abuelo.

—Si os he dicho que no andáis descaminado, buen hombre, luces os sobran para saber lo que tenéis que hacer. Y más no me preguntéis, que aunque a mí no me obligue la palabra de mi señor, el conde, sí me obliga el favor que me hace con sus confidencias.

Se despidió el abuelo, con grandes muestras de

agradecimiento, y cuando ya salían por la puerta, Zuleima le preguntó:

—¿Es cierto que la condesa Columba tiene escondidas grandes riquezas en su castillo, según he oído contar?

—De eso poco sabemos, mi señora —mintió el abuelo—, porque en este empeño sólo nos mueve ayudar a una huérfana desvalida.

—Cierto, buen hombre, pero si vuestra buena acción os reporta alguna otra clase de provecho, no os olvidéis de mí. Tened en cuenta que las damas que dependemos del favor de los caballeros cristianos, siempre tenemos el porvenir incierto.

Le prometió el anciano no olvidar el servicio que les estaba prestando, y quedóse Sebastián muy admirado de la sabiduría y prudencia de su abuelo. A su vez éste le explicó a su nieto:

—En este oficio nuestro conviene cumplir lo que se promete; es el modo de tener amigos en todas partes a los que recurrir cuando los necesites.

* * *

El alcanzar el monasterio de Cardeña les tomó quince días tan sólo, pese a que tuvieron que atravesar dos sierras y vadear no menos de media docena de ríos, que venían muy caudalosos porque aquella primavera había sido muy lluviosa.

Estaba al frente del monasterio el abad benedictino, Dom Sisebuto, con fama de gran santidad, que se confirmó a su muerte, no tardando en subir a los altares como San Sisebuto. En años de sequía y hambre, todos los pobres, sin mirar cuál fuera su raza o su religión, encontraban refugio en el monasterio, y a Dom Sisebuto se le atribuía el portento de poder alimentar a tantas gentes, repitiendo el milagro de la multiplicación de los panes y los peces que narran los Evangelios.

El Cid, salvada la fidelidad debida a la Corona, no admitía otra autoridad sobre su persona que la del abad Dom Sisebuto, de quien era en extremo devoto.

Este monasterio estaba situado sobre una colina de la ciudad de Burgos, en la que pararon Sebastián y su abuelo. Le faltó tiempo a éste para hablar con algunos de los muchos conocidos que tenía en tan importante plaza, y los más conocedores le dijeron: «Si quieres saber lo que ha sido de doña Jimena, debes de hablar con Ermelinda la Gallega: mujer más bruta que ella no la hay, pero de tan buen corazón que si aciertas a entrar en él, te servirá con alma y vida. Ella fue la que le arregló una cadera que tenía salida de su sitio a doña Jimena, cuando era todavía soltera, y también se cuenta que fue la que concertó su matrimonio con el Campeador. Ha sido una gran pecadora y llegó a estrangular con sus propias manos a un barón normando, Robert de Crespin, por lo que fue condenada a la horca. Pero el Campeador la salvó de tal muerte, por entender que el normando se lo merecía. Ahora se ocupa de pastorear las vacas del monasterio y, también, de curar enfermos porque en sus manos reside un poder milagroso que hasta Dom Sisebuto tiene que admitir.»

* * *

Sebastián y su abuelo conocieron a Ermelinda la Gallega en un hermoso día del mes de junio, a la hora del sol naciente. A Sebastián no le cabía en la cabeza que pudiera darles razón del caballero más importante de la cristiandad mujer tan humilde como la que se ofrecía a su vista. Vestía una túnica de estameña, muy basta, y traía el pelo recogido bajo una toca, como las monjas. Llamaba la atención su estatura, superior a la de un hombre alto, y el tamaño de sus manos, fuertes y nervudas.

Llevaba a las vacas a abrevar al río y cuando una se le desmandó, le faltó tiempo a Sebastián para sacar la honda y de un hondazo reconducirla al rebaño.

—Dios te lo pague, muchacho —le agradeció la mujer—, y te conserve la puntería. ¿Qué os trae por aquí a hora tan temprana? ¿Algún mal de huesos o del alma?

—Más bien lo segundo —le contestó cortés el abuelo.

—Pues entonces dirigíos al abad Dom Sisebuto, que de esos negocios entiende más que yo.

—¿Os importaría, noble dama —le preguntó el abuelo—, que os contara una historia que puede ser de vuestro interés?

—¿Cómo puedes llamarme noble dama, viéndome de esta guisa? ¿Es que acaso quieres burlarte de mí? —le replicó la Gallega con evidente enojo.

—Os digo noble dama, y lo digo bien, porque noble tiene que ser quien goza de la confianza de Rodrigo Díaz de Vivar, el Cid Campeador, en cuya busca andamos.

Y antes de que la mujer pudiera replicarle comenzó el abuelo a contarle la historia de la princesa Cristina, y las maldades de los condes de Lácar. Cada vez se lucía más el abuelo en el relato, con detalles muy sustanciosos, algunos de ellos muy adornados para conmover a su oyente. El rostro de la Gallega, de finas facciones en contraste con la tosquedad de su cuerpo, reflejó la deseada emoción, y cuando terminó de hablar el abuelo, se dirigió a Sebastián y le dijo:

—Mírame fijamente a los ojos y procura no parpadear.

Obedeció el muchacho y sintió que aquella mirada le penetraba muy adentro, como la de la condesa Columba, pero con un sentido muy distinto.

—¿Hay algo más que deba saber y que no me lo haya contado tu abuelo? —le preguntó inquisitiva.

—Sí, noble dama —contestó Sebastián dándole el tratamiento que aprendiera del abuelo—, que en el castillo de Lácar hay un tesoro muy grande, del que también esperamos sacar algún provecho.

La mujer reprendió con la mirada al abuelo y dijo:

—Lo uno no quita a lo otro. Y si es cierto lo de ese tesoro y dais con él, espero que os acordéis del monasterio de Cardeña, que cuando llegan las nieves del invierno son muchos los infelices que no tienen más cobijo que el que podamos ofrecerles nosotros.

—Descuidad, noble señora, que mal podríamos olvidar el monasterio del que sabemos que es protector el Campeador —le prometió el abuelo.

—Por mi gusto —prosiguió la mujer— nada os diría acerca de él, pero sé que nunca me perdonaría el haberle ocultado la noticia que atañe a la princesa Cristina, muy amada que fue por el rey Sancho el Fuerte, que es tanto como decir amada por el Cid. Seguidme.

* * *

11

EL anhelado encuentro con el Cid Campeador se produjo en un pequeño pueblo del reino de Zaragoza, en el que reinaba Mutamín, hijo de Moctádir, que había sido gran amigo del Campeador. Pertenecía a la dinastía árabe de los Béni Hud, todos ellos muy doctos en Filosofía, Astronomía y Matemáticas. En él vivía apartado de las asechanzas y enredos de la corte, y de los peligros de la guerra, en compañía de su esposa, doña Jimena, y de sus dos hijas, a la sazón de corta edad, doña Cristina y doña María.

La razón de este apartamiento era que cuando andaba en la algarada por la raya con Badajoz, recibió un mensaje del abad Dom Sisebuto en el que le recordaba el juramento prestado cuando fue armado caballero por el rey Sancho. «¿Creéis —le hizo saber— que se corresponde con vuestra condición de caballero cristiano arrasar a sangre y fuego las fortalezas de los que son más débiles que vosotros? ¿Creéis que es grato a los ojos de Dios quemar cosechas que condenan al hambre a los más inocentes? ¿Creéis que es propio de los caballeros cristianos buscar consuelo en brazos distintos de los de sus esposas? ¿No sabéis, acaso, que no es bueno que los caballeros anden por los campos lejos de sus hogares? ¿Hasta cuándo pensáis seguir así? ¿No pensáis, acaso, que vuestras esposas puedan, también, buscar consuelo donde no deben?»

Esto último le llegó a lo más vivo, reverdeció en su interior todo el amor que sentía por doña Jimena, y de ahí su decisión de ir a su encuentro, sin mirar los riesgos que corría al tener que atravesar territorio gobernado por su mortal enemigo, el conde de Nájera. Lo hizo por la sierra de la Demanda, en pleno invierno, toda cubierta de nieve y a poco pierde la vida en el empeño.

El encuentro con doña Jimena le satisfizo de tal modo que decidió cambiar su vida para no tener que vivir apartado de ella. Después de residir oculto durante dos meses en el monasterio de Cardeña, se trasladó al reino de Zaragoza para no comprometer con su presencia al santo abad Dom Sisebuto.

Tan pronto supo el rey moro Mutamín que el Campeador estaba en su territorio, le envió emisarios pidiéndole que se convirtiera en su protector. A la sazón el escritor más famoso del orbe cristiano era el Tortosí, que vivía en Zaragoza, y sostenía: «La victoria se debe a la bravura de los caballeros famosos. El ejército que cuente con ellos vencerá indefectiblemente.»

En las huestes del Cid, aparte de su indiscutible capitán, había caballeros cuyas hazañas oscurecían las del rey Arturo y todos los caballeros de la Tabla Redonda. Tales eran Álvar Háñez Minaya, Martín Antolínez, Muño Gustioz, el conde Pedro Peláez, Félez Muñoz y el tartamudo Pedro Vermúdez. Y así se podían contar hasta cincuenta. Por eso el rey Mutamín estaba dispuesto a pagar generosamente al Cid y a sus caballeros, si se convertían en sus protectores. Al Cid, además, le ofreció un palacio a las afueras de la ciudad, casi tan hermoso como el suyo de la Aljafería.

Y fue doña Jimena quien decidió por él. Le dijo: «Ya está bien de hacer la guerra por tu cuenta. ¿Qué ganamos con ello? ¿Cómo crees que podremos casar a nuestras hijas el día de mañana, si andamos escondidos en los monasterios, o peleando en los descampados? Nos trae más cuenta servir a un buen rey, en una buena corte, por la que discurran caballeros que puedan ser buenos esposos de nuestras hijas. Y mejor que Mutamín no lo vas a encontrar: él sólo piensa en sus estudios de Astronomía y te dejará gobernar su reino como gustes: por lo menos se podrá decir que hay un reino en España en el que viven en paz moros y cristianos.»

Justo cuando el Cid había tomado la decisión de ponerse al servicio del rey Mutamín se presentó Ermelinda la Gallega, en compañía de Sebastián y su abuelo, en aquel pueblo que apenas distaba diez leguas de Cardeña.

Doña Jimena, que tenía en mucho a la Gallega por el gran servicio que le hizo arreglándole una cadera que tenía fuera de su sitio, la recibió con agrado, no exento de cierto asombro:

—¿Cómo es que traéis aquí a gentes que, por las trazas, parecen vendedores de noticias? ¿Es que, acaso, quieres pregonar a los cuatro vientos dónde se encuentra nuestro señor?

—No lo hubiera hecho, mi señora —le contestó Ermelinda con autoridad—, si no estuviera en juego el honor, y quién sabe si la vida, de una doncella que era muy querida por nuestro rey don Sancho.

Sebastián, que seguía a prudencial distancia la conversación, se quedó admirado de la súbita reacción de doña Jimena. Con el rostro purpúreo por el enfado, increpó a la Gallega:

—¿Honor de una doncella? Si con eso queréis decir que un caballero debe librarla del deshonor, y que ese caballero debe ser mi esposo, ya podéis iros por donde habéis venido. Has de saber que Rodrigo ha aceptado ser protector, con sus huestes, del rey Mutamín, y a él se debe enteramente. No tiene tiempo para desfacer otra clase de entuertos. Buscad otro caballero, que sobrados los hay en Castilla deseosos de probar la fuerza de su brazo.

No menos purpúreo se puso el rostro de la Gallega, pero conteniéndose acertó a decirle, suavemente:

—En el castillo en el que mora esa doncella hay un tesoro, que dicen que es el más rico de toda la Península, y que podría ser una buena dote para vuestras hijas. Considerad, mi señora, que siendo hijas de un desterrado, os costará encontrarles un buen marido.

Quedóse pensativa la dama, pero no por mucho tiempo.

—¡Ay, Ermelinda, Ermelinda! —le reprendió—. Guarda tus enredos para mejor ocasión. Desde que casé con el Campeador no sé lo que es vivir en casa que pueda tener por propia, siempre en tiendas de campaña, de un lado para otro, o encerrada entre los muros de un monasterio. Y ahora, que se me presenta la oportunidad de vivir en un palacio como el de la Aljafería, por nada he de renunciar a él.

—¿Ah, sí? —se encrespó la Gallega— ¡Pues no haberos casado con quien está llamado a ser señor de muchos reinos, y modelo de caballeros andantes, en cuyo espejo se mirarán los que vengan detrás de él! ¡Si juró ante los Santos Evangelios defender a las viudas, a los huérfanos, y a todos los desheredados de la fortuna, debe cumplir su juramento, por los clavos de Cristo!

No se quedó corta en la réplica doña Jimena, y fue de admirar que mujer de tan humilde condición, como la Gallega, se atreviera a enfrentarse a dama tan señalada. A las voces de una y otra asomóse el Cid Campeador, que dormía la siesta en una tienda de campaña, después de pasarse la noche al rececho de un oso, que por entonces abundaban en aquellas montañas.

—¿Qué discute mi señora, doña Jimena, con esa terca mujer? —fue el saludo que dirigió a ambas.

Contaba a la sazón el Campeador poco más de treinta años, estaba en la flor de la vida, y de toda su figura emanaba la majestad de quien ha sido dotado por la madre naturaleza con tantos dones. Era en todo muy proporcionado, tenía los ojos garzos, los cabellos rubios, y una barba muy espesa del mismo color. Vestía un calzón que le cubría el muslo y se tocaba la cabeza con una sencilla gorra de piel de cabra. Los ojos se mostraban rientes, como si se alegrara de ver a Ermelinda la Gallega, y le divirtiera el pleito que se traían ambas mujeres.

Ante su presencia ganas le dieron a Sebastián de ponerse de rodillas, como se acostumbraba a hacer ante las majestades de la tierra, pero se contuvo y siguió el ejemplo de su abuelo, que se había inclinado profundamente con los ojos muy fijos en el suelo. La Gallega, por su parte, se acercó al caballero, le besó la mano con unción y le dijo:

—Razón no os falta, mi señor don Rodrigo, en tacharme de terca, que más que yo no la hay, y hasta las vacas que cuido me obedecen por no atreverse a llevarme la contraria. Pero en esta ocasión pienso que mi terquedad es obligada y creo que me daréis la razón cuando oigáis lo que les trae aquí a este anciano y a su nieto.

—Hablad buen hombre y alzad los ojos del suelo para que pueda leer también en ellos —le pidió el Cid.

En esta oportunidad, pensando que era la definitiva, se esmeró especialmente el abuelo en el relato, con tal lujo de detalles, con tal adorno de las virtudes de la princesa Cristina, con tal minucia de los peligros que corría su nieto que, cuando terminó, el Campeador dirigiéndose a Sebastián, le dijo:

—Así que sueñas con ser armado caballero...

De primeras pensó Sebastián que el caballero se burlaba de él y bajó la cabeza avergonzado, pesaroso de la locuacidad de su abuelo. Pero el Campeador, tomándole por la barbilla le alzó el rostro y le adoctrinó:

—No hay nada que no pueda conseguir un hombre que confía en Dios y en su propia suerte. ¿Es cierto que te das tan buena maña, como cuenta tu abuelo, en seguir el rastro de la caza? —y sin esperar respuesta, prosiguió:—Pues esta misma tarde me has de acompañar a encontrar el de un oso que está desbaratando los rebaños de la región.

—Mi señor —balbuceó Sebastián brincándole el corazón de alegría ante semejante deferencia— debo advertiros que sólo conozco de jabalíes, y algo de corzos, que son los que abundan en mi tierra; pero nunca me he topado con un oso, y nada sé de ellos.

—Pues así aprenderás —concluyó el Campeador— que mal caballero está llamado a ser quien no se ha enfrentado con el más temible de los animales, salvados los leones de África.

—¿Y qué me decís, mi señor —se atrevió a preguntar el abuelo—, de lo principal del negocio que nos ha traído hasta aquí?

—Si es tan principal como decís —le contestó el caballero— razón de más para que no os conteste de seguido. Mayormente para no enojar más a estas damas, que ya veo que mantienen distintos pareceres sobre lo que debo hacer.

Esto último lo dijo en tono festivo, mirando a doña Jimena y a Ermelinda, que seguían recelosas la una de la otra.

* * *

Nunca olvidaría Sebastián aquella su primera jornada con el Campeador. Acertaron a dar con el oso, al que el Cid hirió de un lanzazo y remató con mandoble de su espada. Sebastián estuvo muy diligente y afanoso en dar con su rastro y en cumplir todas las instrucciones que le daba el Campeador. Les llevó toda la tarde y el Cid, mientras subían y bajaban por las trochas, le iba preguntando, como al desaire, detalles del castillo de Lácar, de sus entradas y salidas, y de sus moradores. De la cueva del tesoro para nada hablaron.

Cuando ya volvían de anochecida, seguidos por dos criados que porteaban ensartado el oso, el Campeador suspiró y le dijo al muchacho:

—Muchos dicen que quieren ser armados caballeros, pero más para su provecho que para cumplir las leyes de la caballería; éstas a veces obligan a tanto que se añora la vida de quien sólo tiene que atender a su propio provecho y al de su familia.

—¿Queréis decir con eso, señor, que estáis dispuesto a acudir en ayuda de la princesa Cristina? —preguntó impetuoso Sebastián.

Se echó a reír el Campeador y le replicó:

—¿Cuándo se ha visto que un escudero pregunte a su señor lo que va a hacer?

Aquella noche le costó a Sebastián conciliar el sueño, por la emoción de que el Campeador le tuviera por uno de los suyos.

* * *

Al día siguiente, con las primeras luces del día, el abuelo despertó a Sebastián, y le dijo:

—Nos vamos y que Dios nos ampare. Si salimos con fortuna de este empeño a mí me espera una vejez tranquila y a ti una gloria que nunca pude soñar para uno de los nuestros. Quién sabe adónde puedes llegar con el favor del Campeador. Pero si sale mal no habrá rincón en estas tierras donde escondernos de la cólera de la condesa.

La semana estaba fresca y luminosa y Rodrigo Díaz de Vivar preparaba la partida, revisando cuidadosamente la montura de su caballo palafrén, que era manso y de buena andadura para caminar por riscos y montañas. Un criado, montado en una mula, llevaba de la brida el caballo de combate del Campeador, que era liviano de cascos, de buena alzada, y capaz de saltar con la ligereza de un venado. Otro criado, en un caballo palafrén, llevaba la loriga y las armas de guerra de su señor.

Admiró a Sebastián que las damas que el día anterior parecían punto menos que enemigas, se mostraban muy unidas consolándose la una a la otra. La Gallega, con su formidable estatura, tenía tomada a doña Jimena por los hombros, y le decía que no temiese por el Campeador, que saldría con bien de aquella aventura, y que ella se regalaría como gran señora en el palacio que, a orillas del Ebro, les había prometido el rey Mutamín. Doña Jimena con la cabeza asentía, pero con los ojos lloraba. Don Rodrigo, muy serio, se despidió de ambas, tomando en sus brazos muy amorosamente a su esposa, y encareciendo a la Gallega que la cuidase en su ausencia. Ermelinda prometió llevársela consigo de nuevo a Cardeña, y cuidarla más que a las niñas de sus ojos. Y, a su vez, encareció al Campeador que cumplido lo principal, que era salvar de la ignominia a la princesa Cristina, no olvidase el tesoro de la cueva del castillo, pues tenía dos hijas a las que casar.

—¡Condenada mujer! —se irritó don Rodrigo— ¿En qué libro de la caballería andante está escrito que debamos mezclar el honor de las doncellas, con la dote de las hijas?

—No lo sé, mi señor —replicóle la Gallega, sin amilanarse ante el enfado del Campeador—, porque yo de escritos entiendo poco. En todo caso estará escrito en el libro de la vida, que enseña que un padre debe ocuparse de la suerte de sus hijas.

De Ermelinda la Gallega se decía que era tal el arte que se daba con sus manos para curar toda clase de males, que le había arreglado al Cid Campeador su centro de gravedad, de manera que ninguna espada ni lanza enemiga pudiera alcanzarle.

Lo único cierto era que, aunque el Campeador se encolerizaba con ella, le consentía que le dijera cosas que no hubiera consentido a personas más doctas y encumbradas.

* * *

12

PRONTO se corrió por todos los reinos la noticia de que el Cid cabalgaba de nuevo. Álvar Háñez Minaya, alférez de sus huestes, le hizo llegar un mensaje preguntándole si debían ir a su encuentro, a lo que el Campeador le contestó diciendo que en el momento oportuno le diría lo que habían de hacer.

Cuidó mucho el Campeador de caminar bordeando las fronteras de Castilla, León y Toledo, para no pisar territorio del dominio de Alfonso VI. No obstante, el conde de Nájera le hizo llegar otro mensaje recordándole que estaba desterrado; y de paso le dijo que a Su Majestad, el rey, le gustaría saber adónde se dirigía y cuáles eran sus propósitos. A lo que el Campeador contestó que sería un gran honor para él ir a postrarse a los pies del rey y darle cuenta de todos sus actos; pero que en ningún caso pensaba hacerlo a través de un falsario y enredador, como era el Boquituerto.

A su paso por los reinos de Calatayud, Daroca, Cariñena, Molina y Monreal, los reyes moros le salían al encuentro con toda clase de miramientos y atenciones, considerando un honor el que se hospedase en sus casas. También se admiraban de que caballero tan principal llevara por todo acompañamiento a dos criados, más un anciano y un muchacho. Todos pretendían sonsacarle cuál era el destino final de su viaje, y el Campeador se limitaba a decirles que debía cumplir un encargo que le hiciera su anterior rey y señor, el rey Sancho el Fuerte.

Antes de entrar en Calatayud el Campeador se había dirigido a Sebastián y a su abuelo, y les había dicho:

—Tengo por cierto que ambos venís conmigo porque deseáis prestar un servicio a la princesa Cristina. ¿No es así? —y ante su asentimiento, continúo: —Porque si viniérais como vendedores de noticias e hiciérais correr la voz de lo que nos traemos entre manos, no me quedaría más remedio que cortaros el cuello.

A Sebastián le corrió un escalofrío por la espalda, pero el abuelo le contestó con gran sinceridad:

—Hacéis bien en recordárnoslo, mi señor, porque es tal el vicio que tenemos los de nuestro oficio de traer y llevar noticias, que necesito de gran virtud por mi parte para callarme.

—Pues aplicaos a ello, buen hombre, porque esa virtud tendrá su premio —concluyó el Cid.

—¿Y no podría ser parte de ese premio —se atrevió a preguntar el abuelo— el que me dijerais si es cierto, según cuentan, que Ermelinda la Gallega os ha colocado vuestro centro de gravedad de manera que nadie pueda heriros?

El Campeador se echó a reír y contestó:

—¡Condenado viejo! Es cierto que Ermelinda me ha arreglado algún hueso que otro, pero en cuanto a lo que decís lo único cierto es que Dios, Nuestro Señor, me ayuda como a todos los caballeros que ponen su brazo al servicio de los necesitados.

Y no consintió en hablar más del asunto.

Como viajaban a buen paso, y los reyes moros se preocupaban de facilitarles caballerías de refresco, alcanzaron la linde con el condado de Lácar el día decimotercero de su salida de Cardeña. Allí hicieron noche junto a un arroyuelo bien conocido de Sebastián quien, sin permiso del abuelo, se aventuró a decirle al Campeador que conocía un camino por el que podrían entrar en el castillo, sin ser vistos por la guardia.

—¿Cómo así, Sebastián? —le reprendió don Rodrigo—. ¿Es que crees que un caballero puede entrar en predio ajeno como un ladrón?

Pidió disculpas el muchacho avergonzado, y el Cid condescendió a darle explicaciones:

—El condado de Lácar está en los dominios del emperador Alfonso, a quien besé la mano en Santa Gadea y le debo en todo obediencia. Por culpa de unos malvados que me han malquistado con él, estoy desterrado de su reino, pero no por ello le debo menos obediencia. No incumpliré la prohibición real de pisar tierra de León y Castilla.

Sebastián no se atrevió a preguntar más y aquella noche le costó conciliar el sueño.

* * *

Al día siguiente, como de costumbre, el Cid fue el primero en levantarse y disponerse para la partida. La decisión era dirigirse al reino de Beni-Cácim, bordeando el condado de Lácar.

—Me ofreceré como protector al rey Abdallah —fue la explicación que les dio.

—¿Protector de qué, mi señor? —le preguntó el abuelo Lorenzo—. Después de la embestida de los condes de Lácar el reino ha quedado tan esquilmado, que nada queda por proteger allá. El conde se encargó de matar a todos los caballeros moros que se pusieron a su alcance, y la condesa de arramblar con todas las riquezas, hasta el último dinar. La mayoría de sus habitantes han huido del reino y los pocos que quedan apenas pueden subsistir ya que el conde, de su propia mano, quemó todas las cosechas para que sirviera de escarmiento a quienes no pagan las parias. Sólo ha quedado el viejo rey Abdallah a quien dejaron con vida, más por burla que por otra cosa. Dicen que anda paseando por la alcazaba como alma en pena, con el juicio perdido, y que no se quita la vida porque su religión, al igual que la nuestra, se lo prohíbe.

—Pero sigue siendo rey y yo tengo derecho, con arreglo al Fuero Viejo, a ser su protector —determinó el Cid.

Sebastián no entendía nada de lo que estaba sucediendo, pero el abuelo Lorenzo se admiró de la sabiduría del Campeador. Beni-Cácim no estaba en la jurisdicción del rey Alfonso.

* * *

A partir de ese día un vértigo de noticias comenzó a recorrer la Península. El Cid despachó a un vendedor de noticias, camino de Badajoz, para que Álvar Háñez Minaya enviase una hueste de mil hombres, al mando del conde Pedro Peláez, al reino de Beni-Cácim.

Cuando el rey Abdallah se enteró que el Cid iba de camino, para ofrecerse como protector, se echó a temblar y le mandó un mensaje en el que le decía: «Por haber tenido como protectores a los almorávides, mirad en lo que he venido a parar. A mis años ya no preciso más protección que la de Alá, que confío en que me lleve pronto al Paraíso». Y le rogaba que se fuera por donde había venido. Pero el Cid no le hizo caso; se presentó en Beni-Cácim y en lugar de negociar con el viejo rey, lo hizo con su hijo mayor y heredero que, como no tenía tanta prisa como su padre en ir al encuentro de Alá, aceptó al Campeador como protector.

Le faltó tiempo al conde de Nájera —instigado por la condesa Columba— de pedirle cuentas al Campeador de su presencia allá. En esta ocasión lo hizo con el refrendo de Alfonso VI, mediante un escrito con el sello real. Rodrigo Díaz de Vivar solicitó de su majestad que se decidiera el pleito sobre su derecho a ser protector de Beni-Cácim mediante lid judicial. Eso significaba que el rey debía nombrar un juez que resolviera el litigio.

Alfonso VI no era un rey demasiado respetuoso con las leyes cuando sus pasiones andaban por medio, pero en lo demás le gustaba tener fama de justiciero. Y como se le daba poco lo que pudiera ocurrir con un reino tan mísero como el de Beni-Cácim, accedió a la demanda del Cid y nombró como juez al obispo de Sepúlveda, hombre justo y muy docto en leyes.

La lid judicial se celebró en una campa situada en la linde entre el condado de Lácar y el reino de Beni-Cácim, con gran asistencia de público, tanto de nobles como de plebeyos. El obispo de Sepúlveda, que era un hombre de menguada estatura, pero de mirada vivaz, se situó con gran majestad justo en la raya fronteriza; a su derecha se colocó el Cid, desarmado, pero sobre su caballo de batalla, y a la izquierda el procurador de los condes de Lácar, que era un fraile benedictino.

A la hora del mediodía dio la señal el juez de comenzar el litigio. Era costumbre que las discusiones las mantuvieran los litigantes sin bajar del caballo, haciéndolos caracolear y entrecruzándose las partes como si fueran a acometerse con las armas. En cada pase se decían los argumentos a grandes voces. Habló primero el Cid y dijo que conforme al Fuero Viejo, siendo caballero desterrado del rey, tenía derecho a ganarse el pan en tierras de moros, y eso es lo que estaba haciendo en Beni-Cácim.

Replicó el benedictino que aquello no era tierra de moros, puesto que había sido conquistada por los condes de Lácar. Le faltó tiempo al Cid para argüir que más que conquistada había sido esquilmada y, luego, abandonada a su suerte. A grandes voces reprochó la conducta de los condes de Lácar, como contraria al ideal de convivencia que predicaba la Iglesia.

Sebastián asistía fascinado a los caracoleos del Cid, y a la riqueza de las razones que daba.

Terminaron de hablar ambos contendientes y el obispo de Sepúlveda en el acto emitió sentencia. El Campeador estaba en su derecho de ser protector de aquel reino abandonado por sus conquistadores. Un clamor de alegría se levantó entre los pobladores de Beni-Cácim que asistían al juicio, pero el Campeador alzando la mano pidió silencio y permiso al señor obispo para seguir hablando. Concedida la palabra, habló el Cid con gran sentimiento:

—Por la gracia de Dios, y benevolencia de su majestad don Sancho el Fuerte, fui nombrado como su alférez y juré servirle en la vida y en la muerte, por lo que ese juramento me obliga después de muerto. He venido a saber que en ese castillo de Lácar, y contra su voluntad, se encuentra encerrada la princesa Cristina, sobrina muy dilecta de mi difunto señor, y que de manera torticera quieren aprovecharse de sus riquezas los condes de Lácar, obligándola a casar con quien no se la merece porque es un felón y un malvado. Yo digo que no merece ser llamado caballero cristiano y le desafío a que demuestre lo contrario en lid de caballeros armados. Digo más, en virtud del derecho que me concede el Fuero Juzgo, si no aceptara la lid de caballeros armados, juro por lo más sagrado que al frente de mis huestes atacaré al castillo de Lácar hasta liberar a la princesa, y hacerme con todas las riquezas que allá encontrara. Esto lo haré en nombre del rey Abdallah, quien desde ahora se declara tributario del rey Alfonso, a quien entregará la mitad del botín que consigamos, y en el futuro le pagará las parias debidas.

Cuentan los cronistas de la época que, en aquella ocasión, el Cid superó en astucia al más avisado de los escribanos. Como protector del rey moro tenía derecho a hacer la guerra a quien antes se la había hecho a él, pero al mismo tiempo se mostraba fidelísimo del rey Alfonso brindándole la mitad del botín. Y el rey castellano, siempre necesitado de dineros para armar ejércitos, no rechazaría tan suculento bocado.

Cuando terminó de hablar el Campeador se hizo un silencio de muerte en la campa; la insólita reclamación sorprendió al mismo juez quien, de primeras, no supo qué responder. El asombro de los asistentes al litigio se colmó cuando de la parte del castillo de Lácar se destacó un jinete que se acercó hasta el sitial donde se encontraba el obispo y enfrentándose al Cid, le increpó:

—Traidor es quien ha perdido el favor de su rey, como se lo demostraré en lid de caballeros armados que desde ahora acepto. Y advierto que en esta ocasión, después de derrotar a quien osa llamarse Campeador, arrasaré todo el territorio de Beni-Cácim para que ni tan siquiera quede memoria de ninguno de los habitantes de un reino que es capaz de dar cobijo a un traidor.

Fue el parlamento más largo que jamás oyera pronunciar Sebastián al conde de Lácar, que era quien así hablaba. Lo escuchó con verdadero terror, conocedor como era del arte que se daba el conde en matar a toda clase de seres vivientes. Aguzando la vista distinguió en la distancia a la condesa Columba, hierática, como siempre que estaba en juego la vida de su adorado hermano. Pero pese a la distancia que les separaba le pareció sentir sobre su persona aquella mirada que tanto le desasosegaba.

Ante la amenaza del conde, el anciano rey Abdallah, que refrendaba con su presencia lo que dijera el Campeador, cayó desvanecido por el terror. Y los pocos cortesanos que le quedaban echaron a correr hacia el interior de la alcazaba, temerosos de que el conde cumpliera sus amenazas acto seguido.

El Cid, con aire desdeñoso, aceptó el envite y prometió hacer otro tanto con el castillo de Lácar, pero no con sus habitantes que no tenían la culpa de tener por señor a un felón, famoso por su crueldad en toda la Península.

El juez reprendió a ambos caballeros la saña con la que se manifestaban, y les recordó que la Iglesia no veía con buenos ojos la lid de caballeros armados, por considerarla una costumbre de los godos cuando todavía eran paganos.

El conde de Lácar volvió despectivo la espalda al juez, como muestra del poco aprecio que hacía a tan piadosas consideraciones. El Cid, más cortés, se mostró compungido por tener que lidiar en contra del parecer de la Iglesia, pero razonó al señor obispo que no encontraba otro camino para remediar la injusticia que se estaba cometiendo con la sobrina favorita del rey Sancho. También le invocó leyes del Fuero Juzgo y del Fuero Viejo que lo consentían.

—Sea —concluyó el juez—. Aunque no lo aprobamos, lo debemos tolerar por costumbre establecida en nuestras leyes, pero cuidad de no haceros el uno al otro más daño del necesario. Y cuidad, aún más, de no dañar a los inocentes. En cuanto a la princesa, por la autoridad que me ha conferido su majestad el rey Alfonso, la declaro bajo custodia hasta que se resuelva el litigio.

Si Sebastián estaba embelesado por la gallardía con la que se movía el Campeador sobre su caballo, el abuelo Lorenzo no lo estaba menos por la gracia que se daba en el discurrir. Pero ambos coincidían en estar aterrados ante la idea de que perdiera en la lid, pues sabían la suerte que les esperaba a manos de los condes de Lácar.

* * *

Aquella misma tarde se presentó en la alcazaba una avanzadilla de cien hombres, al mando del conde

Peláez, que algo tranquilizó los ánimos de los de Beni-Cácim. Eran todos caballeros muy cumplidos, curtidos en cien batallas y con los caballos bien enjaezados con el botín de sus múltiples victorias. El conde Peláez, con ser tanto, se arrodilló ante el Cid con intención de besarle la mano, pero éste no lo consintió y tomándolo entre sus brazos, le besó en ambas mejillas.

Sebastián no tenía ojos para admirar tanta maravilla de jinetes, corceles de guerra, palafrenes, lorigas, y escuderos que también parecían caballeros. Eran todos a hablar con tal devoción del Campeador, que Sebastián se comprometió consigo mismo a dar su vida por él, si fuera necesario.

Si admirable fue la llegada del conde Peláez al frente de tropa tan bien guarnida, más sorprendente fue para Sebastián y para su abuelo la aparición del ama Blandina. Llegó sobre un jumento, de cuyo ronzal tiraba un muchacho, y la tuvieron que ayudar a bajarse ya que por su avanzada edad, apenas podía valerse por sí misma.

—He tenido un sueño —les dijo cuando recuperó el resuello— que me ha obligado a incumplir mi promesa de no abandonar la cueva en la que vivo.

—¿Pero no sostienes —le reprochó el abuelo— que no se debe creer en lo que dice un sueño?

—Cierto; pero éste no ha sido un sueño, sino tres, y tres noches seguidas he soñado que al Campeador le traicionaba su caballo en una lid singular de caballeros armados. Y las dos primeras noches lo soñé cuando todavía no sabía la que se había concertado entre él y el conde de Lácar.

—¿Cómo puede traicionar el más noble de los animales al más noble de los caballeros? —se asombró Sebastián.

—Eso no lo sé, ni me lo dicen mis sueños, pero algo más fuerte que yo me ha impulsado a venir aquí para que lo sepa el más preclaro caballero de la cristiandad.

* * *

Pero el más preclaro caballero de la cristiandad, cuando Sebastián le contó los sueños del ama Blandina, le escuchó distraídamente, y se limitó a decirle:

—¿Sueños de mujer? Bastante tengo con los sueños de Ermelinda la Gallega que, con ser tan sabia en otros menesteres, en lo de interpretar los sueños nunca da una a derechas. Tengo para mí que salvado los sueños del casto José, que nos cuenta la Sagrada Escritura, todos los demás son cosa de brujería. Además, ¿cómo puede traicionar un caballo? Para traicionar hay que tener alma y entendimiento y los caballos, con ser tan nobles, no la tienen.

Sebastián, ante la sabiduría del caballero, tantas veces demostrada, quedóse perplejo sin saber qué contestar. Cuando le contó al ama Blandina la respuesta del Campeador, la anciana mujer se condolió resignada:

—Si ni yo misma creo en mis sueños ¿cómo había de creer tan noble señor? Pero si Dios ha guiado mis pasos hasta aquí, por algo será. Prometo estar en oración, sin comer ni dormir, hasta que se celebre el duelo.

* * *

13

EL duelo se había concertado para el día 15 de agosto del año 1074, y la víspera todo el condado de Lácar se desplazó hasta la raya de Beni-Cácim, en cuyas campas se había demarcado el palenque. En lugar bien destacado se levantó la soberbia tienda de pieles de oso, ya conocida de Sebastián, con la enseña de los condes. A su espalda, como robellones en el otoño, brotaron las tiendas de campaña de los principales caballeros del condado, no menos de un centenar, y los cercados para la caballería. Y bajo una extensa mancha en encinares y robledales acamparon los lanceros y arqueros. Las bandas auxiliares, que esperaban sacar provecho de aquel encuentro, se desparramaban entre ambos bandos.

Cuidó la condesa de que, antes de establecer el campamento, todas sus huestes desfilaran a la vista de la alcazaba para que supieran sus moradores la suerte que les esperaba después de la lid. Los caballeros del Cid, desde los torreones del castillo, echaban cuentas de si serían dos mil, o tres mil, los que se desplegaban con tal alarde y magnificiencia; pero no por eso perdían la compostura, pese a que ellos apenas superaban el medio millar, ya que faltaba por llegar parte de la mesnada del conde Peláez.

Sebastián, comido por la inquietud, no se podía estar quieto e iba de grupo en grupo, escuchando lo que decían unos y otros. Para ayudar a los caballeros que echaban cuentas sobre el ejército de los condes, se atrevió a reptar hasta una loma desde la que se divisaba muy bien todo el castro enemigo. Y en ese punto le sorprendió un vendedor de noticias, viejo y mal encarado, quien sin poder ocultar su satisfacción exclamó:

—¡Por fin doy contigo! El nieto de Lorenzo. No te hubiera reconocido. ¿Te acuerdas de mí? Yo tuve tratos con tu abuelo. Vengo de parte de la princesa Cristina que tiene algo muy importante que decirte.

—¿Y qué es ello? —preguntó Sebastián pensando que aquel hombre sería el portador del mensaje, como era costumbre en la época.

—Te lo dirá ella personalmente. ¿Ves aquella tienda que se levanta apartada del campamento? Es la de la princesa. Nada tienes que temer en ir a su encuentro. Está bajo la custodia del rey Alfonso y su persona es intocable hasta que se resuelva el pleito. Nadie puede acercarse a su tienda sin su permiso. Y tú lo tienes. Sígueme.

Vaciló Sebastián, le hubiera gustado tener junto a sí al abuelo Lorenzo para pedirle consejo, pero prevaleció su carácter impetuoso y siguió al hombre. En el fondo se sentía halagado de que la princesa requiriese su presencia en momentos tan cruciales.

No fue ningún problema entrar en el campamento enemigo, entre la turbamulta de soldados y gentes de las bandas auxiliares. Sebastián aprovechó para fijarse muy bien en el detalle y disposición de las tropas enemigas, pensando en el gran contento que le daría al Cid con esa información.

Cuando llegaron frente a la tienda el hombre le invitó a entrar y él desapareció. Dentro le esperaba a Sebastián la condesa Columba. Se quedó paralizado por el terror. A continuación, por instinto de supervivencia intentó huir, pero sus piernas no le obedecieron; la condesa ya le estaba mirando muy fijo, con aquella mirada que tan bien conocía. Creyó que iba a morir y se consoló pensando que lo haría bajo la mirada de aquellos ojos tan hermosos y fascinadores.

—Debería estar enfadada contigo, Sebastián, pero no lo estoy —le susurró la condesa con dulzura, tanto en la voz, como en la mirada—. Bien sé que si te fuiste, fue porque no estaba yo. También yo tuve mi culpa por haberte dejado abandonado en aquella cabaña. Me tienes que perdonar. Pero ya sabes cómo debo cuidar de la salud de mi hermano, el conde, y temí que tu enfermedad pudiera ser contagiosa. Me equivoqué y lo siento. También sé que si marchaste al Norte, hasta dar con el Cid, fue porque te obligó tu abuelo que no resiste a la tentación de andar trayendo y llevando noticias de un lado para otro. Al fin y al cabo, así se ha ganado la vida y ha logrado llegar a viejo.

Sebastián no podía dar crédito a sus oídos. La condesa le miraba con tal dulzura, pero también con tanta intensidad, que se le obnubiló la mente. A pesar de esa ofuscación, se dio cuenta de que se encontraban solos en aquella tienda y que, cosa insólita, el conde de Lácar no estaba pegado a su hermana, como de costumbre. La condesa le pareció más joven y hermosa que nunca. Estaba recostada sobre unos almohadones, a la usanza mora, y toda su persona respiraba sosiego... y calidez hacia su visitante. En un pebetero ardían unos polvos aromáticos que contribuían a dar un aire mágico y embrujador al recinto.

Sebastián tuvo la impresión de que su cuerpo estaba allí, pero que su cabeza no le obedecía y que, de un momento a otro, saldría volando hacia las nubes. Se acordó del consejo que le diera al ama Blandina, e intentó apartar sus ojos de los de la condesa y mirar al suelo.

—Es inútil, Sebastián —le dijo la condesa penetrando en su pensamiento—, tienes que mirarme, por tu bien, y por el de toda la cristiandad. Levanta los ojos y mírame muy fijo. ¿Ves esta cadena de oro, con este medallón tan hermoso? Pues lo colgaré en tu cuello cuando seas armado caballero del condado de Lácar a no mucho tardar.

La condesa se había quitado de su fino y alargado cuello una cadena que tomó por un extremo, y comenzó a balancearla ante los ojos atónitos de Sebastián. Era un arte que había aprendido de una criada egipcia, y que se practicaba ya en época de los faraones. Con el tiempo acabaría conociéndose como hipnotismo, pero entonces se consideraba, más bien, como brujería.

—Yo nací con el don de poder fascinar con los ojos, pero sólo lo empleo con aquellas personas que son de mi agrado —continuó la condesa sin dejar de balancear la cadena—. Por eso lo empleo contigo y de poco te servirá resistirte. También lo hubiera empleado con Rodrigo Díaz de Vivar, que es el caballero más hermoso que jamás vi, pero nunca tuve la ocasión de hacerlo. ¿Crees que no me hubiera gustado casarme con un caballero tan cumplido como él? Pero mi padre me vedó el matrimonio. ¿Y, acaso, no le hubiera agradado a él casarse conmigo? ¿No piensas, Sebastián, que soy muy hermosa incluso para un caballero como él? Contéstame, Sebastián, te lo ordeno.

—Sí, mi señora —contestó Sebastián con un extraño fervor.

—¿Crees que soy más hermosa que doña Jimena? —insistió la condesa con un deje de tristeza en la voz.

—Mucho más, mi señora, nadie hay que os pueda igualar en hermosura —dijo Sebastián sumido en el deleite que le producía la contemplación de aquel rostro de óvalo perfecto.

—Tú también eres un lindo muchacho y si hubiera sido otra tu edad y, sobre todo tu condición, no digo que no hubiera podido enamorarme de ti —le dijo la condesa riendo, pero sin dejar de menear ante sus ojos el medallón de oro—. Supongo que tú no te habrás atrevido a enamorarte de mí, ¿no? —le insinuó la dama con un tono festivo.

Sebastián se quedó callado, sin atreverse a contestar.

—Y, sin embargo —continuó la condesa—, a veces me miras como si lo estuvieras. ¿O, acaso, es que me tienes miedo y no te atreves a decírmelo? —Y endureciendo el tono de su voz, agregó—: No me importa que me tengas miedo; te conviene porque cuando me enfado, puedo ser terrible. Fíjate que tontería, cuando regresé de la corte y me enteré de que te habías ido, me enfadé muchísimo y hasta juré colgarte por el cuello. ¿Qué te parece? —y sin esperar contestación, continuó—: En cambio, ahora, he decidido que en lugar de ponerte una soga de cáñamo al cuello, te voy a poner este collar. ¿A que eso te gusta más?

—Sí, mi señora —contestó Sebastián desde las brumas de una mente que se tambaleaba y parecía que se le iba a salir de la cabeza.

—Pero para eso tendrás que hacer lo que yo te diga. ¿Estás de acuerdo?

—Sí, mi señora.

—¿Todo lo que yo te diga?

—Sí, mi señora.

—¿Sabes lo que más me gusta de ti? Los ojos. ¿Te he dicho alguna vez que me recuerdan los de una gacela asustada? Pero tú, ahora, no tienes que tener miedo. Acércate a mí.

Sebastián obedeció, se aproximó a la condesa, quien le hizo sentar junto a ella, le acarició el pelo, y luego le cerró suavemente los ojos. Cuando ya lo tuvo dominado, comenzó a susurrarle al oído lo que debía hacer para que la lid de caballeros armados, que tendría lugar al día siguiente, se resolviera a satisfacción de todos.

—Ya te digo —le explicó— que con gusto me hubiera casado con un caballero como el Cid, y hubiera sido una buena esposa, pero mi padre dispuso las cosas de otra manera; me ordenó que cuidara de mi hermano y que hiciera de él el más notable caballero del reino. A veces pienso que este poder de fascinar con la mirada lo he heredado de mi padre. Él también me fascinaba cuando me miraba y me decía cómo debía atender a mi hermano. En todo lo he obedecido y pienso alcanzar más todavía: hacer de él el príncipe de un reino importante. Por la fuerza de su brazo puede eso y más. Tú lo has visto. Podrá vencer también al Campeador, pero... ¿por qué arriesgarse? Cuentan que el caballero de Vivar ha vencido a todos sus oponentes en lid de caballeros armados. Al conde de Lizarra, de Navarra, y al moro Hariz, de Medinaceli. ¿Es cierto eso?

—Sí, mi señora —musitó Sebastián desde las brumas del sueño—. Y también a un inglés apóstata que se atrevió a desafiarle en el monasterio de Celanova.

—¿Y qué más sabes tú sobre el Campeador? —se interesó la condesa sin dejar de pasar suavemente la mano sobre sus ojos, para que no pudiera abrirlos.

—Cuentan que una mujer, medio santa, le ha colocado el centro de gravedad de manera que nunca puedan alcanzarle las espadas de sus enemigos.

—En todo caso será medio bruja —se inquietó la condesa—. ¿Y sabes tú si eso es cierto?

—Mi abuelo se atrevió a preguntárselo y el caballero lo tomó a broma.

—Muy bien, Sebastián —se tranquilizó la condesa—, pero nosotros nada vamos a hacer contra el Campeador, sino contra su caballo. Nada más comenzar la lid, se le doblarán las patas y caerá al suelo. En ese momento el juez podrá declarar vencido al de Vivar, y así quedará resuelto el litigio sin derramamiento de sangre.

—Su caballo de batalla, mi señora, corre como el viento y salta como un corzo. ¿Cómo se va a caer?

—¿Tú quieres que muera el Cid? —le preguntó melosa la condesa.

—No, mi señora.

—Pues entonces harás lo que yo te diga. Ahora vas a tomar una bebida que yo te daré, y tendrás toda la noche dulces sueños. Hasta puede que sueñes conmigo. ¿Has soñado alguna vez conmigo?

—Sí, mi señora.

—¿Y cómo eran esos sueños?

—A veces veía esos ojos tan hermosos y me sentía dichoso; pero otras veces me daban mucho miedo.

—Pues si haces todo lo que yo te diga, nunca más volverás a tener miedo de mí. Ahora duerme, que yo te despertaré cuando llegue el momento.

* * *

Al abuelo, conocedor del temperamento inquieto de su nieto, no le extrañó demasiado la ausencia del muchacho durante toda la noche. Pensó que se habría quedado en la alcazaba, rondando por donde se movían los caballeros del Cid, a quienes tanto admiraba.

En cambio el ama Blandina, que seguía con el pío de sus sueños sobre la traición del caballo del Campeador, se mostró desasosegada en extremo, y con las primeras luces del alba, le insistió al abuelo Lorenzo que tenía que dar con su nieto. Y lo que es más sorprendente, le pidió que le ayudara a trasladarse hasta el palenque.

—¿Cómo así? —le reprendió el abuelo—. ¿Una mujer tan piadosa como tú va a asistir a un duelo armado? ¿No sabes que está mal visto por la Iglesia, por considerarla costumbre pagana?

—Y no le falta razón —replicó la mujer—, pero si la Iglesia se ve obligada a tolerarlo, yo no puedo tolerar que traicionen al más cumplido caballero de la cristiandad. Y quiero ver con mis ojos en qué consiste la traición por si está en mi mano el evitarla.

El abuelo, que sabía que tan prudente mujer nunca hablaba por hablar, se inquietó y después de dejarla sentada cerca del palenque, se puso a buscar a Sebastián.

Toda la campa era un hervidero de gentes en movimiento. Las huestes del Cid, en previsión de las amenazas del conde de Lácar, se repartían por todos los lugares estratégicos, con sus arreos de combate. El Campeador, por contra, apareció al frente de la comitiva que se encaminaba al palenque, vestido tan sólo con una túnica de lienzo crudo con peto de cuero, hasta media pierna, y la cabeza destocada, porque según el Fuero la loriga y las armas las debían de tomar en presencia del juez.

Y en ese momento fue cuando el abuelo vio a Sebastián, respiró tranquilo y se sintió muy orgulloso, porque el muchacho llevaba de la brida el caballo de guerra del Campeador. Lo que ignoraba era que Sebastián, siguiendo las instrucciones de la condesa, se las había ingeniado para rondar cerca del corcel, hasta conseguir mezclar en su pienso un elixir de papaverácea, también conocido como «flor del diablo». Era una pócima de adormidera, que debía surtir sus efectos en cuanto el caballo iniciase su galopada.

La condesa, después de fascinarle con la mirada, e hipnotizarle con el medallón, le había hecho tomar un bebedizo de alcaloides, para poder tenerlo más a su merced.

La condesa tenía una fe ciega, casi supersticiosa, en la invencibilidad de su hermano en el campo de batalla, pero tanto se decía y se contaba sobre las hazañas del Campeador, que decidió asegurar la victoria mediante ese ardid, del que ni tan siquiera dio cuenta al conde.

* * *

14

EL obispo de Sepúlveda, como era de prever, se había abstenido de ser el juez de la lidia y, en su lugar, el rey Alfonso dispuso que lo fuera el conde de Berlanga, un caballero de su reino muy aficionado a los lances de caballería.

Los dos mantenedores vistieron la loriga en su presencia, tomaron la adarga, la lanza y la espada, pero no contaron con la afición del conde de Berlanga, quien les leyó íntegramente diversos códices del Fuero Juzgo relacionados con la lidia de caballeros armados. Primero en latín y luego en lengua romance. Esa pesadez vino en ayuda del Cid Campeador porque el ama Blandina seguía muy atenta la ceremonia, y cuando vio que era Sebastián quien llevaba por la brida el caballo del Campeador, sintió que algo se removía en su interior. En sus sueños había visto a un muchacho junto al caballo del Cid, pero no había interpretado qué es lo que hacía. Ni mucho menos se había imaginado que fuera Sebastián.

Cuando el juez de la lid comenzó con la retahíla de códices, el Cid tomó las bridas de su caballo y Sebastián se apartó del lugar de la ceremonia. Por fortuna pasó cerca de donde estaba el ama Blandina, y la anciana vio en su rostro lo que no habían visto los demás: la mirada perdida, somnolienta, y unos andares que no se correspondían con la vivacidad de la que hacía gala habitualmente el muchacho.

Sin una vacilación se levantó de su asiento, se dirigió a él con una rapidez inimaginable para sus años y tomándole de un brazo, le gritó:

—¡Sebastián, en el nombre de Cristo! ¿Qué te ocurre?

El muchacho le miró con los ojos extraviados, como si no la reconociera, e hizo ademán de seguir su camino. La mujer no se lo consintió y con todas sus fuerzas le golpeó en el rostro una y otra vez. Sebastián recibía inerme los golpes y ni siquiera hizo ademán de defenderse cuando comenzó a sangrar por la nariz.

—¡En el nombre del Cielo, despierta! —le gritaba una y otra vez la anciana a punto de perder las fuerzas.

La muchedumbre, pendiente del ceremonial del palenque, no se apercibió del incidente, hasta que la anciana a voces comenzó a pedir ayuda. Unos campesinos próximos a ella la mandaron callar, pero cuando vieron a un muchacho sangrando por la nariz, dos de ellos se acercaron a prestarle ayuda.

—¡Agua! —clamó la mujer—. ¡Necesito agua!

El aspecto de Sebastián, sangrando y con la mirada extraviada, imponía respeto; parecía un endemoniado y los dos hombres no se atrevieron a acercarse a él. Pero llegó un tercero, que sabía quién era el ama Blandina y su fama de sanadora, y les dijo a los otros dos:

—Haced lo que dice esta buena mujer. En aquel abrevadero hay agua.

Lo tomaron entre los dos y, obedeciendo a Blandina, lo metieron de cabeza en el abrevadero. Cuando salió, medio ahogado, Blandina vio un punto de lucidez en sus ojos y le preguntó:

—¿Qué hacías tú cerca del caballo del Campeador?

Sebastián, como quien regresa fatigado de un viaje muy largo, musitó entrecortadamente:

—Le hemos dado una medicina.

—¿Quiénes se la habéis dado? —volvió a preguntar, acuciante, la mujer.

—La condesa me lo ha ordenado.

En ese momento sonaron los clarines que señalaban el comienzo del torneo y el ama Blandina, abandonando a Sebastián a su suerte, se aproximó al palenque por el punto más próximo.

Los dos caballeros enfrentados ya, iniciaban el galope con las lanzas en ristre, en medio de un silencio sepulcral; sólo se oía el batir de los cascos contra el suelo, cuando el ama Blandina, con todas las fuerzas de sus pulmones, gritó:

—¡Rodrigo, que en buena hora ceñiste espada, no fíes de tu caballo que lo han envenenado!

El mensaje llegó nítido a su destino justo en el momento en el que el Cid sentía que se doblaban los remos delanteros a su corcel. Sin dudarlo, se dejó caer al suelo y eso le salvó la vida. La lanza del conde que iba dirigida contra su corazón, se encontró con el vacío. De la multitud salió un rumor de asombro pues no se alcanzaba a comprender que el más gallardo de los caballeros rehuyera el combate.

El caballo del Cid, ya sin su jinete, caminó unos pasos, y cayó despatarrado con los ojos inyectados en sangre y con un ribete de espuma circundando su belfo. El conde de Berlanga, de acuerdo con el Fuero Juzgo, se disponía a dar por concluso el combate, cuando el Campeador con lágrimas en los ojos, le rogó:

—No hagáis tal, señor conde, aunque lo disponga el Fuero. Mi caballo está herido de muerte, no por mano de mi rival, sino por arte de brujería, y pido continuar en la lidia, aunque la tenga yo que hacer a pie, y mi contrario sobre su caballo. Pero que nunca se pueda decir que Rodrigo Díaz de Vivar no luchó hasta la muerte por defender el honor de una doncella muy querida por su muy noble señor, el rey Sancho. Y como prueba de que tengo por embrujado y envenenado a mi caballo, pese a serme tan querido y haberme servido siempre fielmente, le doy muerte de mi propia mano para que no sufra más.

Y tomando la espada con ambas manos, le atravesó el corazón.

Vaciló el juez sobre la decisión que había de tomar, pero el conde de Lácar, que había permanecido estático como en él era habitual cuando no estaba peleando, le sacó de dudas. Arrojó la lanza con todas sus fuerzas, clavándola a los pies del Campeador, descabalgó, desenvainó la espada y con ella dio muerte a su corcel.

Comportamiento tan cruel como inusitado provocó un clamor de rechazo en la multitud, y el juez, disgustado, le interpeló:

—¿Por qué habéis hecho tal?

—Porque no deseo ninguna ventaja para pelear contra quien se hace llamar el Campeador y se tiene por el más afamado de los guerreros —fue la respuesta del conde de Lácar que no podía soportar que la estrella de ningún caballero pudiera prevalecer sobre la suya.

Por eso se había cuidado la condesa Columba de no contarle el enredo que se traía entre manos.

—Para ello —le replicó el juez adusto— no necesitábais matar a quien ningún mal os ha hecho. ¡Continúe la lidia!

Se enfrentaron de nuevo los dos caballeros, con sus adargas embrazadas, y el Cid antes de iniciar la lid, le reprendió:

—Quizá os deba la vida, por haber renunciado a combatirme desde el caballo, pero os advierto que no voy a tener compasión con quien se muestra tan ruin con el más noble de los animales. Yo me vi precisado a matar al mío por amor, y vos habéis hecho otro tanto por odio.

No había terminado de hablar el Campeador, cuando el conde le lanzó un golpe terrible que a duras penas pudo detener el Campeador con su adarga. A partir de ese momento no mediaron más palabras entre ambos contendientes y por más de una hora se sucedieron toda clase de golpes y fintas, según cuenta el *Cronicón* de Cardeña. No hay memoria de que una lid de caballeros armados durase tanto; ambos se mostraban invulnerables a los ataques de su adversario, y se movían con tal ligereza, que no parecían sentir el peso de las lorigas enmalladas en hierro fundido.

Sería la hora del mediodía cuando el conde de Lácar acertó a alcanzar con su espada la pierna izquierda del Cid, lo que le hizo trastabillar. Lanzó el conde un bramido, entreverado de jadeos, y desprendiéndose de la adarga tomó su espada con ambas manos para dejarla caer con todas sus fuerzas sobre la cabeza del Campeador, que se tambaleaba. Pero su espada primero encontró el vacío y luego se hundió, casi hasta la empuñadura, en la hierba verde y jugosa que cubría el palenque. A continuación sintió que la espada del de Vivar le atravesaba la axila derecha y el sabor de la sangre llegó hasta sus labios. El conde, como si no alcanzara a comprender lo que estaba sucediendo, seguía con sus jadeos de satisfacción, tentando de arrancar su espada de la tierra.

Aquel día se confirmó la leyenda de que el Campeador tenía situado su centro de gravedad de manera que nunca pudieran alcanzarle mortalmente las armas enemigas.

El Cid, lidiador experimentado que era, sabiendo que la herida era mortal, le dijo a su adversario:

—Señor conde, olvidaos de vuestra espada y pensad más en vuestra alma, porque de aquí a poco vais a comparecer ante Nuestro Señor a dar cuenta de vuestros actos.

—¿Quién es Nuestro Señor? —balbuceó el conde entre borbotones de sangre—. A veces pienso que mi señor es el diablo.

—Pues aún estáis a tiempo de cambiar de dueño; si grandes han sido vuestras maldades, según cuentan, mayor es la misericordia de Dios.

El conde apartó sus manos de la espada, las tendió hacia Rodrigo, pero antes de alcanzarle cayó muerto al suelo.

* * *

15

CUENTA la leyenda, reflejada en la *Crónica Roderici*, que la condesa Columba enloqueció en ese mismo acto y que, no alcanzando a comprender que su hermano hubiera muerto, pedía a gritos al juez que ordenase la continuación de la lidia. Pero, según otras versiones, cuando verdaderamente enloqueció fue cuando vio que el Cid, al frente de lo más granado de sus huestes, desbarataba a su ejército y cumplía su promesa de hacerse con el castillo de Lácar y con el tesoro que se encerraba en su cueva.

El Cid, como caballero cristiano que era, cuidó de aconsejar sobre su alma al conde cuando estaba muriendo casi entre sus brazos, pero como buen capitán de los ejércitos sabía que muerto éste, no había tiempo que perder. Sin cuidar de la herida de su pierna se puso al frente de las huestes de Álvar Háñez Minaya, dejando sólo una pequeña guarnición en la alcazaba al mando del conde Peláez.

Aunque muy inferiores en número, atacaron en forma de tornadas, pasando y repasando entre las filas enemigas, con tal rapidez que ni tiempo les daba para resistirse a las sucesivas embestidas. Ver al Campeador al frente de sus huestes, después de haber vencido a quien tenían por invencible, provocó una ola de pánico entre los de Lácar con la consiguiente desbandada.

Mucho se ha escrito y hablado sobre la cuantía del tesoro del castillo de Lácar, pero lo único que se sabe de cierto es que después de aquella hazaña las mesnadas del Cid salieron muy crecidas. Entre otras razones porque la casi totalidad de los caballeros del condado besaron la mano al Campeador, ya que preferían tenerle a él por señor que al difunto conde.

El Campeador cumplió el compromiso que había contraído ante el obispo de Sepúlveda y envió al rey Alfonso la mitad del botín, tanto en dineros, como en especie, incluidos caballos árabes, muy hermosos, a los que el monarca castellano era muy aficionado. Y no le mandó cantoras moras porque sus principios no se lo permitían. Desde ese día comenzó a ceder el rey Alfonso en su inquina contra el Campeador y en el 1086 se reconcilió con él, recibiéndole con gran pompa en su corte de Toledo, y concediéndole el señorío de Dueñas y Gormaz, en Castilla, y el de Campoo y Eguña en Santander.

* * *

Muy distinta fue la suerte que corrió Sebastián; los campesinos en cuyas manos lo había dejado el ama Blandina lo entregaron al alcaide de la fortaleza, acusándole de lo que habían oído de sus propios labios: que por su mano, concertado con la condesa Columba, había envenenado el caballo del Campeador.

Sebastián no alcanzó a defenderse porque su mente seguía inmersa en la bruma de lo desconocido.

La pena que se merecía no podía ser otra que la de la horca, por prescribirlo así el Fuero Viejo respecto de los vendedores de noticias al servicio del enemigo. El alcaide se disponía a ejecutar la sentencia de inmediato, como era habitual en tiempo de guerra, cuando llegó la noticia a oídos del conde Peláez. Siendo éste nobilísimo, se extrañó:

—¿Ahorcar a un muchacho de tan pocos años? ¿Tan grave es lo que ha hecho?

—Es un vendedor de noticias, que estaba muy sujeto a la condesa Columba, y por eso sólo ya merece la horca. Pero, además, se confiesa autor del envenenamiento del caballo de nuestro señor, lo cual a poco le cuesta la vida —le razonó el alcaide.

Mandó traer a su presencia a Sebastián y cuando lo reconoció le preguntó:

—¿No eres tú quien me visitó en Talavera, en compañía de un anciano, que iba en busca del Cid Campeador?

Sebastián se limitó a asentir con la cabeza.

—¿No era ese anciano tu abuelo, quien me manifestó que estaba temeroso de que vendieras tu alma al diablo?

Sebastián no supo qué contestar, y el conde le insistió:

—¿Es que, acaso, te decidiste a vendérsela? —y como Sebastián siguiera sin contestar, le urgió—: ¡Por los clavos de Cristo, contesta! Mira que si callas de aquí saldrás derecho para la horca.

Pero Sebastián parecía haber perdido el don de la palabra y no alcanzaba a comprender lo que le estaba sucediendo. El bebedizo que le diera la condesa le había dejado sin voluntad, y se le daba poco de morir o seguir viviendo.

—Sea —determinó el conde ante el silencio del muchacho—. Quien calla, otorga. Cúmplase la pena.

* * *

Era costumbre de la época el que los ahorcamientos fueran públicos, para que sirviera de ejemplo al pueblo, y de escarmiento a los malhechores; y que las campanas de las iglesias tocaran a muerto para que las buenas gentes rezasen por el alma del que iban a ajusticiar. Gracias a estas campanas despertó el ama Blandina que, después de tres noches velando en oración, se había quedado dormida a la sombra de un árbol, agotada por el cansancio.

—¿Por quién tañen las campanas? —preguntó a unos paisanos que se dirigían hacia el patio de armas, en el que se alzaba el patíbulo.

—Por el joven que envenenó el caballo de don Rodrigo —le respondieron.

Con enorme esfuerzo logró alcanzar el ama Blandina el patio del castillo, cuando ya la soga rodeaba el cuello de Sebastián. Pero aún le quedaron fuerzas para gritar:

—¡Alto ahí! ¿En nombre de qué justicia vais a ahorcar a quien ningún mal ha hecho por su voluntad?

El conde Peláez, que presidía la ejecución, preguntó colérico:

—¿Quién es la mujer que se atreve a gritar, discutiendo la justicia de nuestras leyes?

—La misma que se atrevió a gritarle al Campeador, cuando estaba en el palenque a punto de perder la vida.

Lo dijo con tal autoridad, que se hizo un silencio respetuoso en todo el recinto de la alcazaba. El conde Peláez, que como buen caballero sabía de cuánto le había servido a su señor aquel grito de advertencia, le dijo:

—Habla, mujer.

El ama Blandina, contó sus sueños y desvelos, y sobre cómo había advertido que el muchacho no estaba en su ser cuando llevaba de la brida el caballo del Campeador. El conde Peláez, que aunque buen caballero, era también muy terco, replicó:

—Eso cambia poco lo que debamos hacer. Si estaba entregado a la condesa de grado, o por enredos del diablo, poco da. En todo caso cambiará el que en lugar de ahorcarle debamos quemarlo en la hoguera, si es que está embrujado. Y no abuses más de nuestra paciencia, buena mujer.

Pero la imagen de Sebastián, con la soga al cuello, la cabeza reclinada sobre su pecho, como resignado a lo que estaba a punto de ocurrirle, le dio fuerzas al ama Blandina para interpelar, de nuevo, al conde:

—¿Tenéis por cierto que el Campeador acostumbra a recompensar cualquier servicio que se le preste?

—Así es —admitió el conde—. No hay caballero más agradecido que él.

—Pues en su nombre pagadme el que yo le he prestado en el palenque. Rogad a la princesa Cristina que comparezca a vuestra presencia. Ella, que tanto ha padecido a manos de la condesa Columba, sabrá darnos razón de lo que le ha sucedido a este muchacho, mejor que él mismo, que está privado de discernimiento.

El conde no pudo negarse, pues sabía que al Campeador no le gustaba tener deudas de esa clase, pero le advirtió al ama Blandina:

—La princesa es más que yo por su alcurnia y por el lugar que le corresponde en la Corte y, por tanto, comparecerá si es de su gusto, sin que yo pueda obligarla.

—Tened por cierto que comparecerá cuando sepa que está en juego la vida de quien ha sido víctima de la condesa Columba —le replicó con gran seguridad el ama Blandina.

* * *

No se equivocó la anciana y le faltó tiempo a la princesa Cristina para presentarse en la alcazaba, cuando supo lo que allí estaba ocurriendo. Venía radiante de dicha por haber recobrado la libertad y cuando vio a Sebastián con la soga al cuello exclamó horrorizada:

—¿Qué mal ha hecho quien tanto bien me ha hecho a mí, trayendo hasta las puertas de mi prisión al Cid Campeador?

—Cierto que lo ha traído —le respondió el conde Peláez—, pero con la intención de que pudiera matarle el conde de Lácar, siguiendo las instrucciones de su hermana la condesa.

Y pasó a relatarle todo lo sucedido, que la princesa ignoraba ya que durante la lidia había permanecido apartada bajo custodia. Cuando terminó de hablar el conde, la princesa se acercó al patíbulo y tomando a Sebastián por la barbilla, le levantó la cabeza y le preguntó:

—¿Te miró la condesa a los ojos hasta hacerte perder el juicio? ¿Movió ante tus ojos un medallón de oro diciéndote lo que debías de hacer?

Sebastián ante la dulzura con la que le hablaba la princesa, pareció recobrar el sentido y por toda respuesta se echó a llorar.

—Señor conde —habló la princesa—, tened por cierto que este joven no es más culpable de lo que pueda serlo yo, que bien conozco el poder maléfico de la condesa Columba, y por su culpa he hecho cosas de las que me siento avergonzada. Y más odios y maldades hubiera cometido si no hubiera venido el Campeador en mi ayuda.

No convencieron demasiado tales consideraciones a un guerrero, poco dado a hechizos y embrujamientos, pero acabó por consentir:

—En día de tanta gloria para la estrella del Cid Campeador, y para los que con él nos ganamos el pan, no he de ser yo quien contraríe a la sobrina del rey Sancho de ilustre memoria. Soltad al prisionero y que desaparezca de nuestros reinos, sin que vuelva a pisar en ellos porque entonces no habrá compasión para él.

—Descuidad, señor, que yo os prometo que no ha de salir de nuestra tierra de Naciados, aunque para ello tenga que quebrarle las piernas. ¡Y que Dios os bendiga vuestra generosidad!

Quien así habló fue el abuelo Lorenzo que, al igual que el ama Blandina, no se enteró de lo que estaba sucediendo hasta que oyó las campanas doblar a muerto. Con el alma en vilo asistió a la defensa que hacía de su nieto la buena mujer, sin atreverse a intervenir pues sabía en qué poco era tenida la palabra de un vendedor de noticias.

* * *

Cuando regresó el Cid de su campaña por el condado de Lácar, y le contaron lo sucedido con Sebastián, se quedó perplejo, sin saber a qué atenerse. Pero nuevas empresas guerreras requirieron su atención y pronto se olvidó de quien había estado a punto de ser su escudero.

Pero un año después, un día que andaba a la caza del oso en compañía de Álvar Háñez Minaya, sintió silbar una piedra que fue a dar en la cabeza de un macho grande que tentaba de huir de los perros.

—¿Quién es el atrevido que osa meterse en nuestro negocio? —gritó furioso Minaya que, como buen cazador, no quería ayudas ajenas.

—Tengo para mí —le respondió el Cid— que no es la primera vez que oigo silbar así los guijarros con tanta gracia y oportunidad. Pero también tengo para mí que quien tal arte se daba, tiene prohibido andar por nuestros reinos y a ello se comprometió ante el conde Peláez, a cambio de su vida.

—Quien se comprometió, mi señor, no fui yo sino mi abuelo Lorenzo —dijo Sebastián saliendo de la foresta y postrándose de rodillas a los pies del Campeador—. Y yo he respetado su palabra, sin salir de Naciados, hasta que hace dos meses entregó su alma a Dios. Y yo también estoy dispuesto a hacer otro tanto si creéis, al igual que el conde Peláez, que era mi voluntad el que perdiérais la vida a manos del conde de Lácar.

El Cid, muy sosegado, sin quitar ojo a la faena que hacían los perros acosando al oso, le replicó:

—Por lo menos reconocerás que sí perdiste la cabeza al dejarte enredar por una mujer.

—Lo que perdí, mi señor, todavía no sé bien lo que

fue. Pero lo que sí sé es que no estoy dispuesto a perder mi vida encerrado en Naciados. Ni tampoco a andar a escondidas por los montes, para vender noticias a unos y a otros. Después de haberos conocido, mi señor Campeador, y haber conocido a vuestros caballeros, ya sólo vivo para ser uno de ellos, y si no sirvo para tanto, me conformo con ser el más humilde de vuestros siervos, y sólo el calzaros las espuelas lo tendré por el más grande de los honores.

Álvar Háñez Minaya, que asistía atónito al diálogo entre su señor y aquel joven alto, espigado, de tez cetrina y ojos claros, se permitió comentar:

—No sé si servirá para caballero, pero se expresa con tanta soltura que un fraile de los más doctos no lo haría mejor.

—Todavía no sé si te haré ahorcar, o no —le advirtió el Cid—, pero levántate del suelo que no quiero que si el oso se arranca para acá te despedace, y quede sin cumplir el castigo.

—En el caso de que decidáis que merezco la muerte —le dijo humilde Sebastián al tiempo que se ponía en pie—, os ruego que no olvidéis la parte que me toca en el tesoro hallado en la cueva de Lácar.

—¡Por todos los diablos! —clamó el Cid— ¿Cómo te atreves?

—Me atrevo, mi señor —le replicó Sebastián con gran mesura—, porque no quisiera irme de este mundo dejando cuentas pendientes. La dueña de la princesa, hablando en su nombre, nos prometió nuestra parte si lográbamos dar con vos, y conduciros hasta ella, como así ha sido. Y fiados en esa promesa mi abuelo y yo, le prometimos su parte a Zuleima, la enamorada del conde Peláez, que teme que cuando su señor se desenamore de ella, pueda quedar en la miseria. Y otro tanto hicimos con Ermelinda la Gallega, que también nos ayudó a encontraros, y que nos dijo que no la olvidáramos en el reparto pues son muchas las necesidades del monasterio de Cardeña cuando llegan las nieves. Y si un fraile muy sabio que conozco, natural también de Naciados, no me ha engañado, la parte de quien encuentra un tesoro oculto, o da razón de su existencia, es de un décimo según prescribe el Fuero Juzgo. La parte que a mí me toque, después de cumplir con esas atenciones, hacérsela llegar al ama Blandina, que sabrá hacer buen uso de ella en favor de los necesitados.

Rompió a reír Álvar Háñez con todas sus fuerzas y le dijo a su señor:

—Si vais a ahorcarlo daos prisa en hacerlo, porque como siga con sus reclamaciones, no vais a tener dineros para atenderlas.

—Razón no le falta a vuestro alférez, el gran Álvar Háñez Minaya —prosiguió Sebastián—, porque si decidís ahorcarme espero de vuestra reconocida caridad que encarguéis no menos de mil misas por mi alma, y las paguéis en marcos de plata, porque los vendedores de noticias tenemos un alma muy negra y, por tanto, mucha necesidad de purificarla.

Acosado el oso por la traílla de lebreles salió al claro del bosque, y a una el Campeador y su alférez le lanzaron sus jabalinas y cayó muerto a sus pies. El Campeador, sin poder disimular la satisfacción del acierto, le gritó a Sebastián:

—¡Otro tanto haré contigo si te vuelves a meter en enredos impropios de un buen cristiano!

—Sí, mi señor, gracias, mi señor —dijo Sebastián acercándose al oso muerto, cuchillo en mano, para despellejarlo.

* * *

No sólo no volvió a meterse en enredos Sebastián, sino que pasaron muchos años sin que se atreviera a mirar a una mujer, cara a cara, por miedo de que sus ojos pudieran hechizarle. Cabalgó con el Cid, por tierras de León y Castilla, y fue de los que tomó parte en la conquista de Valencia, y en la batalla del Cuarte en la que el Campeador logró derrotar a los almorávides.

Cuando la princesa Cristina casó con Ramiro, príncipe de Navarra, el Cid le mandó a la boda con presentes de su parte, y por medio de un vendedor de noticias le hizo llegar a la princesa el siguiente mensaje. «Cuidad de encontrar una buena esposa para Sebastián, a ser posible un poco cegata porque tiene terror a las mujeres que no tienen reparo en sostener la mirada de un caballero.»

En tanto tenía la princesa Cristina a su salvador, el Cid Campeador, que se las ingenió para retener a su servicio a Sebastián en el condado de Estella, hasta que consiguió casarlo con una de sus doncellas, tan modosa y bien enseñada, que no se atrevía a levantar la mirada en presencia de los hombres.

Una vez casado se retornó Sebastián a las huestes del Cid, que a la sazón ya era señor de Valencia, quien de vez en cuando le recordaba que todavía no había decidido si se merecía la horca, o no, y que por tanto le debía la vida. A lo que Sebastián le replicaba: «Y vos, mi señor, me debéis el décimo del tesoro de

Lácar.» Con esa cuenta pendiente murió el Cid Campeador el 10 de julio del 1099 y su cuerpo fue enterrado en el monasterio de Cardeña, junto al de su gran amigo San Sisebuto. Sobre su tumba reza una leyenda que dice así: «A todos alcanza la honra por el que en buena hora nació.»

El ama Blandina murió a los ciento cuatro años y Sebastián cuidó de que nunca le faltara de nada, y de hacerle llegar dineros del botín que conseguía en las algaras, para que pudiera hacer sus caridades con largueza.

En cuanto a la condesa Columba nunca más se supo de ella. Todos los cronistas de la época tienen por cierto que enloqueció el día que murió su hermano, y el Cid la desposeyó de su tesoro, y que desde entonces anduvo vagando por los campos, como alma en pena, toda vestida de andrajos.

Una leyenda piadosa cuenta que una mujer de esas señas, pasados los años, se presentó en el monasterio de Cardeña con la mente extraviada y la intención de profanar la tumba del Campeador. Dicen que la atendió Ermelinda la Gallega, quien con mucho amor la hizo volver en sí, y le sacó los demonios de su cuerpo. Nunca se sabrá lo que hay de cierto en esa historia, pues la Gallega atendía a muchas gentes, y hasta las sanaba de enfermedades del cuerpo y del alma, pero nunca gustaba de hablar de ello.

* * *